兼載独吟「聖廟千句」

—第一百韻をよむ—

大阪俳文学研究会 編

和泉選書

序　連歌を読むということ

島津忠夫

連歌は、宗匠・執筆・連衆による座の文学である。その作品が作られた場ではすぐに納得のゆくことも、その場を離れて解釈したり鑑賞しようとなるとわからないことが多い。連歌の注釈はできるだけその座の雰囲気をふまえてすることが必要であるが、それがはなはだむつかしい。前句に付句を付けるということは、式目と称する規則をふまえはするものの、付句の作者による前句の解釈と付句の創作という試みが繰り返されているのであり、作者の意図は句の言外に秘められていることが多い。それを推し量りながら解釈するのでなければ、少しも面白くはない。ただ、その推測はあまりに恣意的になってはいけない。その点、連歌の注釈には、共同研究が望まれるのである。

この共同研究は、大阪俳文学研究会の月例会での輪読にもとづく。この研究会の会員の多くは俳諧の研究者で、連歌を専攻するものは比較的少なかったが、俳諧の研究者からは、かえって新鮮な見解が出て、私などは蒙を啓かれることがたびたびあった。その折の研究会の成果をふまえて、七人の分担で整理されているのが本書である。

連歌を読んでみようという意見は早くから出ていたが、さて何を読むかということになると、種々の意見があってなかなか決まらなかった。結局、兼載の『聖廟法楽千句』ということになったのは、この作品には、四種の古注があるということが大きな要因であったように思う。それに『水無瀬三吟』『湯山三吟』などは、現代の注釈がすでに出ていて、そういった現代の注釈にとらわれないでということもあった。本来は、千句より百韻の方が、独吟より一座の作品の方が望ましいのだが、古注の存在することが、できるだけ当時の考え方をふまえて付け味を推測する上に必要であると思われたからである。古注には、すでに異なる見解が見えており、それを批判しつつ意見を交わす方が、多人数による研究会として相応しかったのである。結局は、第一百韻だけの注釈になったが、もともとの意図は、連歌を読むということにあり、その方法の一端を示すことに意義があった。

本作品ならびに四種の古注については、詳細な解説を見られたいが、その古注を各句の後に、すべて掲げている。その古注の説くところをいかに生かすかについては、研究会でももっとも真剣に討論の繰り返されたところであり、それをできるだけ忠実に示すことに各担当者の苦心が払われている。

連歌は式目に従って作られている。したがって注釈するにあたっても、その式目をおさえておくことが何よりも必要であり、本書では、そのために各句ごとに季や句材を示し、終わりに詳しい式目表を添えた。

連歌の注釈は、式目を踏まえながら、前句と付句の言外に隠れている意図を出来るだけ憶測しつつ読んでゆくことも面白いのであるが、それは、それぞれの注釈者のひとつの創作ともいうべきである。この注釈では、研究会での輪読の過程に出た種々の見解のうち、もっとも妥当性のあるもの、ここまでは踏み込んでもよかろうと思われる点を、現代語訳と評釈という形で示されているといえようか。

（大阪大学名誉教授）

目次

『聖廟法楽千句』注釈

―第一百韻―

凡例

一、千句本文は、天理図書館綿屋文庫蔵『兼載独吟千句註』（古注一）を底本とした。

1　諸本対校の結果、本書で扱う第一百韻には底本に誤りが無いと判断し、校訂は行っていない。但し、古注二～四の千句本文に目立った異同がある場合は、【評釈】に指摘した。

2　表記は原則として底本の通りとしたが、漢字は通行の字体に改め、濁点を施した。また、底本に付された振り仮名は省略した。

3　各句頭に、百韻全体における通し番号と、各折表裏ごとの番号を付した。

一、各句の下に素材分類を掲げた。素材の認定に当たっては、『連歌新式追加並新式今案等』を基準とし、『梅春抄』『宗祇袖下』『連歌寄合』『随葉集』『産衣』などを参照した。

一、【現代語訳】には、前句を含めた付合全体の解釈を記した。一句立の意味の異なる場合は【評釈】の中で触れた。

一、寄合の認定には、『連珠合璧集』（「合璧集」と略称）『連歌寄合』『連歌付合事』『宗祇袖下』『随葉集』などを参照した。「涙→時雨」の形で示したものは、寄合書の「涙」の項目に「時雨」という寄合語が挙げられていることを示す。

一、【評釈】で引用した和歌は、『新編国歌大観』により、適宜漢字を当てた。

一、【古注】の一～四は、解説に述べた第一種注～第四種注に相当する。各底本は次の通りである。

古注一　天理図書館綿屋文庫蔵『兼載独吟千句註』

古注二　広島大学附属図書館金子文庫蔵『兼載聖廟法楽千句注』
古注三　山口県文書館多賀社文庫蔵『兼載連歌集』
古注四　国立国会図書館蔵『聖廟法楽千句注』

1　表記は原則として底本に従ったが、漢字は通行の字体に改め、濁点を施した。
2　虫損、不明箇所は□とし、推定可能な場合は（　）に括って傍記した。
3　不審箇所には（ママ）を付した。正しい本文を推定できる場合は（　）に括って傍記した。
4　当該句に注が無い場合は（ナシ）とした。
5　古注四において、句と注が対応していないものは、注の位置を正した。
6　古注に引用された本文は、その典拠を（　）に括って示した。未詳の場合は、「典拠未詳」とした。

一、初折表～同裏前半を長谷川千尋、初折裏後半を塩崎俊彦、二折表を岡本聡、二折裏を大谷俊太、三折表を竹島一希、三折裏を川崎佐知子、名残折表を塩崎俊彦、名残折裏を尾崎千佳が担当した。
一、式目表は尾崎千佳が作成し、『聖廟法楽千句』本文、解説は長谷川千尋が執筆した。
一、英文はスコット・ラインバーガーが執筆した。

何路　第一

初オ一　1　**むめが丶にそれもあやなし朝霞**

春・時分〈朝〉・聳物・植物〈木〉

【現代語訳】梅の香りにあっては、夜の闇も梅の花を隠しおおせないのだから、この朝霞が隠そうとしても、やはりその甲斐のないことだ。天神の神威は隠れようもなく満ち満ちている。

【評釈】発句。賦物は「何路」。発句の「朝」の字を取り「朝路」となる（賦物篇）。本千句は、北野天神法楽連歌であり、興行の時節も二月ということから、巻頭発句は、天神の神木とされる梅を題材にしている。後掲の古注二が「梅が香、神威《感》也」と指摘するように、本発句のうちに天神讃仰の真意を汲みとってよいだろう。

「それもあやなし朝霞」の「それ」は「朝霞」を指す。一般的には、指示内容が先にあって「それ」と受けるが、ここでは、後ろに指示内容を置いて体言止めにすることで余情を込めている。「それも」を用いた同様の例は、「我とこそながめなれにし山の端にそれも形見の有明の月」（風雅集・一一九七、秋篠月清集・八八八）、「それも猶今日こそ主の身にはしめ心より吹く秋の初風」（拾玉集・一七五九）など、鎌倉時代以降に見出せる。連歌にも『水無瀬三吟百韻』の「それも友なる夕暮れの空／雲にけふ花ちりはつる嶺越えて」（二四）などの例があり、次の句で「それ」の指すところを自由に取りなせるところから、好んで用いられたようである。

「あやなし」は、『節用集』に「無益」と漢字表記され、語意は、『藻塩草』に「むやく也。又云、さてもかひもなくあぢきなくと云やうの詞と云々。又よしなと云心にも」と注されている通りである。「それもあやなし」の「も」は、添加の働きをする。諸注が本歌として挙げる『古今集』の「春の夜の闇はあやなし梅の花色こそ見えね香やは隠るる」を受けて、夜の闇が梅の花を隠そうとしても、香りは隠れようもないから甲斐がないことであり、朝霞が隠そうとしてもやはり同じことだ、という。ただ、古注三のように、「香をとめて誰おらざらん梅の花あやなし霞立なかくしそ」を本歌とみて、『古今集』歌を念頭に置かなければ、「も」は強意になる。ここでは古注三の解釈は採らないが、連歌語彙注釈書『流木集』も、兼載の発句の本歌に「香をとめて」歌を指摘しており、このような解釈も一方で存在したことが知られる。

【古注】

一　これは本歌《ほんか》に、春《はる》のよのやみはあやなし梅　花色《むめのはないろ》こそみえねかやはかくるゝ（古今集・四一）といふをとれり。あやなしとはゐきもなき心也《こころなり》。色《いろ》こそ見えね、かはかくれぬほどに、やみはむやくなるといふ歌《うた》の心をとりて、このあさ霞《がすみ》もゑきなしとにや。

二　春の夜の闇はあやなし梅の花色こそみえねかやはかくるゝ　本歌の心は、梅が香に闇は無益と云心をとりて、朝霞も無益と云心也。梅が香、神威《感》也。闇にも霞にもしづまぬこゝろなり。

三　此発句の心は、狂雲妬佳月（蘇軾「妬佳月」）と云。それもあぢきなしと也。香をとめて誰おらざらん梅の花あやなし霞立なかくしそ（拾遺集・一六）　此歌の心也。

四　此心は、春の夜の闇はあやなし梅の花色こそ見へね香やは隠るゝと云歌を取て、闇をさへあやなしといふ、いわんや朝霞抔にて梅が香はかくれまじければ、夫もあやなしといへり。

むめがゝにそれもあやなし朝霞

初オ二　2　春風ゆるきをちこちの空　　春

【現代語訳】穏やかな春風が、あちらこちらの空を吹きかよう。この風が梅の香りを運んで来るので、朝霞が梅の花を隠そうとしても甲斐のないことだ。

【評釈】脇句。前句の「霞」を「春風ゆるき」で受ける（「霞→風長閑なり」合璧集）。朝霞がいかに梅の姿を隠しても甲斐がないのは、春風があちらこちらの空でゆるやかに吹いて、あたりを梅の香りで満たしているから、とする。

「風ゆるき」という表現は、やや俗な印象を与えるかもしれないが、和歌においても「いさりするよさの海士人出でぬらし浦風ゆるく霞みわたれり」（新千載集・一五）、「朝まだきゆるけき風のけしきにて春立ちきぬと知られぬるかな」（堀河百首・七）などと、春風を形容する際に用いられている。連歌では、「花のかがみや水にほふらむ／玉しまや河かぜゆるくむめさきて」が『新撰菟玖波集』（二四八五）に採られている。

この句では、むしろ「をちこちの空」の言葉続きの方が珍しい。和歌の用例は、貞永元年（一二三二）の『名所月歌合』に「をちこちの空もひとつに月さえて野島が崎は秋風ぞ吹く」（三四）とあるのを初見とし、『延文百首』『松下集』にようやく一例ずつ見える程度である。連歌の用例も、本千句以前では容易には見つからない。

【古注】

一　風のゆるきとは、のどかに春《はる》になりたる心《こゝろ》也。かぜものどかなれば、かすみわたりたるあけぼのに、むめのにほひきたるなりの句《く》也。そうじて、わきの句をば、かやうにほつくにかいそひて、さしいでたることはなくつかうまつるよし申候。

二　脇の心は、誰里の梅の立枝や過つらん思ひの外に匂ふ春風（続古今集・六二）　遠近の里の梅匂ひて、面白時節○《の》体也。

三　遠近とは、梅の在所とこゝを云り。梅が香を誘引て来たる事はさる事なれども、花には無益也。

四　春風ゆるきとは、梅が香をよそへもらすべければ、朝霞かへ《（ママ）》してあやなしと付たり。遠近之空は、脇にまさしき体の字を、惣じてするなり。

春風ゆるきをちこちの空

初オ三　3　かりかへるはやまのおくに雪見えて　　春・降物・山類・動物〈鳥〉

【現代語訳】春風が穏やかに吹く空を、雁が帰ってゆく。春めいた端山の奥には、まだ雪を頂く山が見えて。

【評釈】第三。発句と脇句の景は、朧朧とした霞に包まれ、嗅覚、触覚の喚起するイメージで構成されていたが、第三は、大空を行く微小な雁を点出し、「はやまのおくに雪見えて」と、極めて視覚的な、眺望の句に転じた。また、前二句が早春から仲春の景であったため、ここでは仲春から晩春の景然に付いている。

（帰雁）とした。第三は脇句に細かに付けることはしないが、「をちこちの空」に「かりかへる」が自然に付いている。

「はやま」（端山）は、山々が連なっている場合に、人里から見て、人里に近い方の山を言う。「はやまのおく」という言葉は、和歌にはそのままの形では用例を見出し得ず、形を変えて「奥見えぬ端山の霧の曙に近き松のみ残るひとむら」（風雅集・六六二）と詠んだ例がある。連歌には「ともなふ竹を風なしほりそ／うづもるるは山のおくのさくら花」（文安雪千句・第十・七二）の先行例もある。この第三では、連なった山の奥行きをはっきりと印象づけ、雁の帰ってゆく方向を目で追わせるような効果がある。

【古注】

一　は山とははしの山也。春風《はるかぜ》のどかに、かへるかりの打なく時分《じぶん》、まだおくの山には雪《ゆき》ののこりたるけいきなり。第三《だいさん》をば又、わきの句よりすこしたけたかきやうにあるべしと相伝《さうでん》申し侍《はべり》り。

二　是も雁の帰る時節、は山の奥の雪などかすかにみえて面白きこゝろ也。第三は、殊風情だに能候へば、細に付ぬものなり。景色を本とする也。

三　第三、脇にさのみしたしからず、又のかざるを本意とせり。是雁の帰る時節、みれば奥も雪残て、雪より吹たる風ながら、春の知る、にゆるきなり。

四　遠近の空に雁帰ると付合せて、時分をしたるなり。

かりかへるはやまのおくに雪見えて

初オ四　4　なをいかならんたびのゆくすゑ　　雑・旅

【現代語訳】雁の旅の行く末はどうなることだろう。今も、端山の奥に残雪が見えるけれども、なお雪深いところに帰っていくのだな。

【評釈】景気の句が三句続いたところで、心情の句を、初折面の四句めらしくさらりと付けた。諸注が指摘するように、「たび」は、一句では人間の旅だが、前句に付くと雁の旅となる（古注二のみ、人間を主体にしているが、この解釈は採らない）。このように主体を転じるのは連歌の常套的な手法で、例えば、『竹林抄』の「落つるか雁の明けがたの声／花に来て又旅立たん空もうし」（一〇二）の句も、「花におつる雁も、又旅だたん事のかなしきと也。一句は、旅のならひの事まで也」（竹聞）と同様に解釈されている。

雁の「たびのゆくすゑ」を「なをいかならん」と推量する心持ちの内実については、古注四が、

「面白き事もあらん、又くるしき事もあらんか」と様々思いをめぐらしていると解釈しているが、古注三の説くように、雁は、雪深い越の国へ向かうのだということを、まず思うべきだろう。「はるばると霞を分けてみ越路や雪降る山に帰るかりがね」（宝治百首・四五三）。「なをいかならん」は、そのような雁の旅の行く末を案じる心持ちであると解釈した。「帰りゆく越路の雪や寒からん春は霞の衣かりがね」（続古今集・八三）の歌に近い発想である。

【古注】

一　つくる所《ところ》は、かりの旅《たび》の事なり。一句はわが事なり。おもてのほどはかやうにやすくとやり候歟《か》。

二　武蔵野はゆけども秋の果ぞなきいかなる風の末に吹らん（新古今集・三七八、第四句「いかなる風か」）　雁帰る比、山の奥の残雪面白き上に、春《はる》に成ては、猶山路の行末をゆかしく思ふこゝろ也。

三　雁は越へ行なれば、雪に猶いかならんと云り。越は加賀国也。雪降所也。歌に、君が行越の白山しらねども雪間くにあとを尋ん（古今集・三九一、第四句「雪のまにまに」、第五句「跡はたづねむ」）

四　一句は旅なり。付合ては、雁の行末には猶いかならん、面白き事もあらん、又くるしき事もあらんかとなり。

なをいかならんたびのゆくすゑ

初オ五　5　よな〳〵に夢さへかはるかりまくら　雑・夜分・旅

【現代語訳】夜ごとに旅寝の枕が変わると、夢までが変わってゆく。これほど心もとない状態で旅を続けて、この先どうなることだろう。

【評釈】景気の句に心情の句を付けたところで、5句は、純粋な景気の句を避け、行く末を案じる旅の具体的な有り様を付けた。

「かりまくら」（仮枕）は、普段寝ているのとは別の、かりそめの枕の意で、ここでは旅寝の枕のこと。「夢さへかはる」は、枕が変わり、夢までも変わるの意。旅を続けてく先々で、旅寝の枕が変わると、その枕で見る夢も変わるというのである。

旅先で見る夢は、「草枕かりねの夢にいくたびかなれし都にゆき帰るらん」（千載集・五三四）、「末も続かぬ古郷の道／草枕夢の半に目は覚て」（竹林抄・九七四）などのように、遠く離れた故郷へ通じる回路となりうる。そのため、枕が変わることによって、夢が跡形もなく消えてしまうことを惜しむ歌が詠まれている。「結び捨てて夜な夜なかはる旅枕かりねの夢の跡もはかなし」（風雅集・九五八）、「夢をだに結び定めん方もなし夜な夜なかはる草の枕に」（延文百首・四九七）。この句も、幾晩となく夢を結んでは消えを繰り返す、漂泊の身の頼りなさを表現する。

また、夢からは離れるが、古注二、三の挙げる「誰となき」歌の、夜ごとに宿を変える旅が幾晩続くことだろうと思いやる発想も、この付合に近いものである。

【古注】

一　旅行《りよかう》のよな〳〵、ゆめさへかはり行侍る《はべる》ほどに、このすゑもなをいかならんと也。

二　誰となき宿の夕を契にてかへ《は ヒ》るあるじをいく夜とふらん（新古今集・九六三）又の夜のやどりには、いかなる夢をみんずらんと也。

三　誰となき宿の夕を契にてかはる有主をいく夜とふらん

四　夜な〳〵に夢さへとは、かり枕もかわり夢もかわり行ぞ也。旅行のかんなり。

よな〳〵に夢さへかはるかりまくら

初オ六　6　**月はあり明の秋ぞふけぬる**　　月・秋・光物・夜分

【現代語訳】月は、三日月から有明の月へと形を変え、秋も更けた。旅寝の床では、夜ごとに眺める月も変わり、夢までもが変わることだ。

【評釈】前句の「さへ」が付所となる。夜な夜な変化してゆくものとして月の満ち欠けを連想し、月も変わり、夢までも変わると付く。月は、三日月から夜ごとに形を変え、やがて晦日になれば見えなくなってしまうが、この月は、まだ辛うじて空に残っている暮秋の有明の月である。

「月はあり明の」という字余り句は、「あはれにも雁の涙ぞ袖に落つる月は有明のさよの枕に」（拾玉集・二二二三）を初出として、「ながめきて身の行末も暮れの秋月は有明の袖ぞしぐるる」等、室町中後期に用例がある。連歌では、宗祇の句集に「なかばいつ月は有明のほととぎす」（宗梅本下草・七一三、自然斎発句・五九五）の一例があり、兼載の句集には「つれなさの中に涙の色きえて／月はありあけのはるのかり金」（園塵第三・二二一八）の他にも三例見られる。なお、「月はあり明」は、「月は有り」を兼ねて「色なしとながめし秋の深山にも心の月は有明の空」（蒙求和歌・六五）のように用いられることもあるが、この句に関しては、右に挙げた大方の用例がそうであるように、特に掛詞と見なさなくてよいだろう。

【古注】

一　まへ句のさへといふ字にあたりて、月もあり明にかはり行、ゆめさへかはると也。
二　三か月より有明迄、夜な〳〵かはり行也。
三　夢にさへかはるを、月はあり明にかはりたると云り。
四　月はあり明になり、夢さへかわるとなり。

月はあり明の秋ぞふけぬる

初オ七　7　露さむき庭のよもぎにむしなきて　秋・降物・動物〈虫〉・植物〈草〉・居所

【現代語訳】露が冷たく置いた庭の蓬に、虫が鳴いている。月は有明の月となり、秋も更けたことだ。

【評釈】月を見上げていた視線を下降させて、暮秋の庭の景色を付けた。面八句にここで初めて聴覚の句が出る。

　古注二は特に、前句の「月」が、ここでは「露に見えたる月なり」と指摘する。確かに、月と露が取り合わされると、それと表現されていない場合も、月は露に宿っていると解すべき例は多い。例えば、『湯山三吟百韻』「さ夜ふけけりな袖の秋かぜ／露さむし月も光やかはるらん」（五）の古注に

「月やどりたる露の、そゞろ寒きさ夜更がた、あらぬ光のみえたる也」とあり、『三島千句』「水も色こき紅葉ばのかげ／月のもる木のまの庭に露落て」(第十・三)の古注にも、「落葉の露も水なれば、その露にうつりたる月も色こきと也」とある。いずれも一句のうちに月と露を詠んだ例だが、付合全体として、古注二のような情景を想像することも許されよう。

「露さむ(き)」と鳴く虫を詠んだ歌には、「秋の夜は露こそことに寒からし草むらごとに虫の侘ぶれば」(古今集・一九九)、「露寒き浅茅がもとにうち侘びて月影かこつ松虫の声」(壬二集・四四二)などがある。秋の夜の虫は、露の冷たさに難儀して鳴(泣)くのである。

ところで、『聖廟千句』のこの句をめぐる興味深い話が『二根集』四に見える。「独吟千句第一、七句め。宗長、よもぎふ、よかるべしと云。載、蓬生、句はのび候共、よもぎ、よし。よもぎは一本に啼心也。蓬生は、おほき事也。載の面白と批判」。宗長が、中七を「庭の蓬生」とするのがよかろうと言うのに対して、兼載は、繁茂する印象の強い「蓬生」の語を避け、一もとの蓬の侘びた風情を想起させようと、敢えて、語調の良くない「蓬に」の語を採用したのだと説明している。この中七に宗長が異和感を覚えたのは恐らく、ただ「蓬」というよりも「蓬生」といった方が優美であり、歌語として馴染み深いためであろうが、助詞「に」を取るのは言葉足らずの感があり、「庭の蓬に」と詠んだ以下の例もあるので、やはり現行の句形が妥当であると思われる。「来てみれば思ひし宿の形見かと庭の蓬に虫の声のみ」（和歌所影供歌合建仁元年八月・一四〇）、「きりぎりす庭の蓬に声なくは埋みぞ果てん雪の月影」（松下集・二〇二）。しかし、「蓬」ならば「一本」を想起するというほどの区別は、用例を見る限り感じられない。

なお、古注が挙げる「秋ふけぬ鳴けや霜夜のきりぎりすやや影寒し蓬生の月」歌について、兼載は次のように注している。「秋のふくるとは中秋より後の事也。霜降の節の比なるべきか。いづれにも暮と心へべし。秋の更るに首尾相応せず。さて又、や、影さむしもことにかけあはず。いかにとすれば、霜夜のきり〳〵す、今なけや〳〵とさそふ心也。今よりもつゆ霜《（なを）》よには声あるまじければ、よもぎふの月の秋更漸夜寒のおりなけとあそばしたるにや、よく〳〵みわけべし」（新古今抜書抄）。霜は冬季の景物であるから、「秋ぞふけぬる」の時節に相応するように、ここでも露を詠んでいる。

【古注】

一　本歌《ほんか》に、なけやなけ霜夜《しもよ》の庭《には》のきり〳〵すや、かげさむしよもぎふの月（新古今集・五一七、第一、二句「秋ふけぬ鳴けや霜夜の」）と候。秋《あき》のくれのおもかげにて候や。

二　月はみる物也。虫は聞物也。見聞の対句也。露に見えたる月なり。

三　秋更ぬ鳴や霜夜のきり〳〵す良影寒し蓬生の月

四　（ナシ）

露さむき庭のよもぎにむしなきて

初オ八　8　野わきのあとは人もをとせず　　秋・人倫

【現代語訳】野分が過ぎ去った跡には人の気配もない。野分の名残の露が寒々と置く庭の蓬に、虫の声がするだけだ。

【評釈】「露」に「野わき」（台風、秋から初冬にかけて吹く暴風）と付く。『合璧集』は、「野分」の寄合として、『源氏物語』野分巻の言葉「草むらの露玉をみだる」を挙げているが、この句は特に『源氏物語』を踏まえているわけではない。遣句《やりく》と言うべき句だが、激しい野分の後の静けさを詠んで、前句の寂びた風情を一層引き立てている。

「野わきのあと」は、「野分の跡」の意で、「夜すがらの野分の跡はしほれはてて草の葉白き露の朝あけ」（仙洞五十番歌合・五二）のように、過ぎ去った野分の痕跡をとどめる場所や物を指す。『枕草子』は、「野分のまたの日こそ、いみじうあはれにをかしけれ」（一八八段）と野分の翌日の情景に情趣を見出している。

また、「人もをとせず」の用例には、「虫ならぬ人も音せぬ我が宿に秋の野辺とて君は来にけり」（拾遺集・一一〇九）等がある。

【古注】

一　のわきと申候は、八月《はちぐわつ》のすゑ九月などに大風《おほかぜ》のふくを申候。野《の》わきの吹《ふき》やみたるあとに、むしのねのわびたるていにて候。

二　（ナシ）

三　人も風も音せぬに、虫の鳴たるとなり。

四　野分の跡は人も音せずして、むしばかりなくとなり。

野わきのあとは人もをとせず

初ウ一　9　山もとの夕ぐれふかきむら雲に　雑・時分〈夕〉・聳物・山類

【現代語訳】山の麓は、野分の痕跡をとどめる村雲が立ちこめ、夕暮もいよいよ深まり、森閑として人の気配もない。

【評釈】「野わき」に「むら雲」と付く。『源氏物語』野分巻の作中歌「風さわぎ村雲まがふ夕べにも忘るる間なく忘られぬ君」を典拠とする寄合（合璧集、連歌寄合等）だが、ここも言葉を取っただけで、物語世界は踏まえていない。

場面を山の麓に設定し、野分が過ぎ去ったというのに人の気配が無いのは、日が暮れて暗くなったからだとする。山の麓は余所よりも暮れるのが早い上に、空には野分の名残の「むら雲」が垂れこめているのだから、暮深いのも尤もである。

「夕ぐれふか（き）」は、『壬二集』の二例を早い例として、以後の用例は少ないが、兼載は「人は来で夕暮れ深き山おろしに木の葉ぞわたる谷のかけはし」（閑塵集・一九二）の詠を残している。連歌では、「おもふともわかれし人は帰らめや／夕暮ふかし桜ちる山」（竹林抄・一七八、新撰菟玖波集・三一八）、「花にみぬゆふ暮ふかき青葉かな」（同一六四五、同三六七七）の作で、心敬が深い寂寥を表現したことは、宗祇によって高く評価されている（老のすさみ、吾妻問答）。心敬の弟子である兼載も好んで用いており、「霞つつ舟こそ見えね浪のうへ／夕ぐれふかきおきのいさり火」（二七六九）は『新撰菟玖波集』に入集。本千句には、もう一箇所「ゆふぐれふかく露ぞすゞしき」（第八・一〇）とある。

【古注】

一　野分《のわき》にむら雲《くも》、よりあひにて候。源氏《げんじ》野分《のわき》のまきの歌に、風《かぜ》さはぎむら雲《くも》まよふ夕《ゆふべ》にもわするゝ

まなくわすられぬ君《きみ》

二　山路は暮て、往来の音もせぬ也。

三　暴風はあらき雨風也。降やみ吹やみたる体也。

四　村雲にとは、なりの句也。

山もとの夕ぐれふかきむら雲に

初ウ二　10　日はまだのこるみねのさやけさ　　　雑・光物・時分〈夕〉・山類

【現代語訳】山本は村雲たなびき暮れ深いというのに、まだ夕陽が残っている峰はくっきりと美しく見える。

【評釈】村雲に遮られて早くも暮れかかる山本に対して、まだ日の射している峰を付け、明暗の対照的な付合とした。それでなくても山本は峰よりも暮れるのが早く、和歌や連歌に「入日さす峰の梢に鳴く蟬の声を残して暮るる山本」（玉葉集・四二〇）、「山本ははやくれ初る道分て／日のさす峰のしばしさやけさ」（熊野千句・第七・一〇）等と詠まれている。そこにさらに雲という要素を加えた例に、

「入日さす峰は残りて夕暮の雲にぞ埋むをちの山本」（草庵集・一一二七）がある。古注二の引歌もこの類型に連なるものだが、典拠未詳。やや似た歌に「雲は猶空かた分けて夕立の日影さやけき西の山の端」（草根集・二六二三）がある。

なお、古注四に「村くもに日はまだ残るとかけて庭□《（にカ）》つくるなり」とあるのは、同じ古注四の43句に「行春に花も朽たるとかけ手には作る也」とあるのと共通する表現で、「かけてには」という付合の手法に言及したものであろう。しかし、古注四における「かけてには」は、43句「花もくちたる道しばの露／夕ひばりかすみにおちて行春に」のように、付句の句末から前句の句頭にかけて「行春に花もくちたる」とつながるように付けたものを言っている。そして、この10句のように、前句末から付句頭にかけて「むら雲に日はまだのこる」とつながるように付けたものは、古注四では「うけてには」と呼ばれており、ここはその誤写と見られる。

【古注】

一　山もとはむら雲にはやく暮《くれ》て、みねには日ののこりたるとたいして付侍《つけはべ》り。

二　夕立のむかはぬ方は峯晴て日かげ分たる遠山の色（典拠未詳）雲のかゝりたる山本は暮深き也。
嶺は日の残ると也。

三　（ナシ）

四　是は、村くもに日はまだ残るとかけて庭□（にカ）つくるなり。

日はまだのこるみねのさやけさ

初ウ三　11　かへるなと花にや色のまさるらん　　花・春・植物〈木〉

【現代語訳】帰るなと言うのだろうか、夕陽に照らされた峰の桜が、一段と色濃く、美しさを増しているのは。

【評釈】花を見に来た人は、いつまでも花の下に留まることはなく、やがては帰っていく。一句は、帰る人を引き留めようとして、桜は一段と色美しい姿を見せているのだろうか、の意である。とは言え、帰り際の花が美しく見えるのは花のせいではなく、見る人の執心のために他ならない。これが前句に付くと、夕暮れ時の峰という場面が設定され、花に「色のまさる」のは、夕陽に照らされて薄紅に染まっているため、ということになる。

夕陽が花を色濃く染めるという証歌は、古注二、三が挙げている。そのことを、花を眺める人の心と関わらせて詠んだ歌に、「見ても猶あかぬ心のあやにくに夕べはまさる花の色かな」（続古今集・一五二八）、「ながめくらす色も匂ひも猶添ひて夕影まさる花の下かな」（玉葉集・二〇一）等があり、付合の趣意に近い。この句の場合、「帰るな」と下知（命令）し、あたかも花が心を持っているように詠んだところが連歌的であると言えよう。先行例に、「枕をかせなあさぢふのかげ／かへるなと花散りやらで霞む野に」（応仁二年十月十二日百韻・六七）がある。

【古注】

一　花《はな》のもとをも夕にはかへるならひなれども、かへるなと色《いろ》やまさるらんと也。付所《つくところ》は、日《ひ》のこりて、はなに色《いろ》のまさると也。

二　今朝よりは立田のさくら色ぞこき夕日や花の時雨なるらん（弘長百首・八四、六華集・一五一等）日の色をそへて、花に人帰るなと云心也。一句は花にあかぬ心也。

三　今朝よりは立田の桜色ぞ濃き夕日や花の時雨成らん

四　帰るなと一句は、花に心をとむるゆへ色よく見ゆる也。付よふは、夕日に花の立増り、我を留る体なり。

かへるなと花にや色のまさるらん

初ウ四　12　春のすゑ野ぞすみれさきそふ　　春・植物〈草〉

【現代語訳】暮春の末野には、菫が咲き誇っている。行く春を引き留めようとして、色美しく咲いているのだろうか。

【評釈】人よ帰るなという前句を、春よ帰るなの意に転じ、暮春の花である菫を付けた。「春のすゑ野」も「春の末」と「末野」（野の果て、野の端の方の意）を掛けている。類例に「惜しめども秋は末野の露の下に恨みかねたるきりぎりすかな」（新後撰集・四三四）がある。

この句の解釈は、古注一と二で分かれている。古注一は、春よ帰るなといって、桜に菫が咲き添うと見る。しかし、和歌の世界では、「菫咲く道の芝生に花散りてをちかた霞む野辺の夕暮れ」（風雅集・二四六）のように、菫は、桜が終わった後に咲くので、二つが同時に咲いているという解釈には無理がある。咲いているとしても盛りを過ぎた桜か、遅桜と考えなければなるまい。

一方、古注二（古注三もか）は、前句の花（桜）を菫に取りなしているので、付合の風景に桜は存在せず、菫だけが「さきそ」っている。この場合の「さきそふ」は、古注一の、別の花や物に寄り添って咲くという意味ではなく、同じ花が、既に咲いているのに加えてまた咲く、盛んに咲くという意味になる。和歌や連歌では、後者の用例の方が多く、例えば「朝な朝な咲き添ふ花の白妙に峰の霞の色ぞ晴れゆく」（兼好集・二〇九）、「数々に咲き添ふ花の色なれや峰の朝けの八重の白雲」（拾遺愚草・一八三二）等がある。

「花」に「すみれ」を付ける類の付様は、「無名の花に名の花を付ける」と言って、『雨夜の記』等の連歌学書に取り上げられている。中でも『宗養書とめ』は「無名の花に名木・名草を付る事」として、「咲ぬる花も色かはるなり／冬枯の小野の萩がえ雪降て」などの付合を例示し、「如此、其物に成様に可被遊候」と説く。つまり、前句の花が、菫や萩などの「名の花」に成るように付けるのが、常套なのである。この点も考慮して、ここでは古注二の解釈を採用した。

【古注】

一　これは春《はる》をかへるなと花《はな》にすみれのさきそふ歟と也。すみれは暮《ぼ》春《しゅん》にさけば也。

二　はるを帰るなとて、野に菫の咲たるこゝろに取成たるなり。

三　（ナシ）

四　一句はなり也。付る心は、帰るなとすみれ咲そふとなり。

春のすゐ野ぞすみれさきそふ

初ウ五　13　ながめふるなごりの露はのどかにて　　春・降物

【現代語訳】長雨の恵みで、暮春の末野に菫が咲き誇っている。雨の名残の露は、長閑な春の陽気に悠々たる風情である。

【評釈】「野」と「露」が寄合（合壁集）。「ながめ」は長雨。『和漢朗詠集』「雨」の「養得自為花父母（養ひ得ては自ずから花の父母たり）」（八二）を踏まえ、春の長雨の恵みを受けて、野には菫が次々に咲いてゆくと付く。

この句は、雨の名残の露の有り様を「のどか」と形容することによって春の句となっているが、この表現は比較的珍しい。露は、風が吹けば散り、日が照れば消えてしまう、危うく脆いものだが、「あり侘ぶる身のほどよりは野分する浅茅が原の露はのどけし」（万代集・二八七二）と、人の身の上のはかなさに比べれば長閑なものだと詠まれることもある。露を長閑と形容することは、叙景歌にも試みられ、「花重き木はまがきにかたよりてなびかぬ萩の露ぞのどけき」（文保百首・二四〇）などと詠まれている。このように、露が長閑であるとは、消える気配もなくいかにもゆったりしている様子を表している。

【古注】

一　ながめとは長雨《ながあめ》也。暮春《ぼしゆん》の雨《あめ》にすみれのさきそふていなり。

二　つく〴〵と春の詠のさびしきは忍ぶにつたふ軒の玉水（新古今集・六四）雨に養《やしな》はれて菫の咲たるなり。

三　（ナシ）

四　ながめふるとは長雨のふるなり。

ながめふるなごりの露はのどかにて

初ウ六　14　ゆくかげはやき夏のよの月　　月・夏・光物・夜分

【現代語訳】五月雨の名残の露はゆったりとして消えることをしらず、夏の夜の月は大空を渡って早くも沈んでしまった。

【評釈】春の長雨を五月雨に取りなして、春から夏に季移りするとともに、「露はのどか」に「ゆくかげはやき」を対置する。「長閑」と「早し」を対にした例に、「岩間より流るる水は早けれどうつれる月の影ぞのどけき」（後拾遺集・八四五）、「のどかにすめなうつり行水／夕立の雲間の月の早瀬川」（心敬僧都百句・二二八二）等がある。また、「ゆくかげ」は、「空ゆくかげ」「更けゆくかげ」などと詠むべきところだが、この切り詰めた表現が、短夜を詠ずるのに相応しい。

なお、古注二は、「なごりの露」を、五月雨の名残の露であると同時に、入りがたの月の僅かな光を留めた、月の名残の露であると見る。細緻な情景描写だが、このように細かく取ると、前句と付句の対の明快さが損なわれてしまうため、ここでは採用しない。

【古注】

一　さみだれをふくみて長雨《ながあめ》といふに、夏《なつ》の月を付《つけ》られ侍《はべ》り。五月雨《さみだれ》のなごりの露《つゆ》はのどやかにて、夏《なつ》の月《つき》ははやくあけたる心《こゝろ》也。

二　五月の長雨に取成也。月のやどりたる名残の露也。月ははや入たる也。

三　五月の霖雨の名残也。月はのどかならぬ也。

四　一句は、みじか夜也。付ては、前の長雨は春なるを、夏にするなり。

ゆくかげはやき夏のよの月

初ウ七　15　たかせ舟さほさすそでのすゞしきに　　夏・水辺・衣裳

【現代語訳】夏の夜、高瀬舟に棹さす袖は風をきって涼しく、舟はすべるように進む。水面に映じた月影も、舟の行くままに進んでゆくよ。

【評釈】「月」と「舟」が寄合（合璧集）。「ゆくかげ」は、舟影と月影の両方を兼ねている。夏の夜の月が早く傾いてゆくという前句は、時間の経過を内包するが、ここでは、軽快に進む舟に乗っていると、月も早く進んでいるように見えると、今この瞬間の情景に転じた。この月は、水面に映っている月であろう。舟の動くにつれて月も進むという着想は珍しいが、「秋の夜は須磨の浦路を漕ぐ船の棹にしたがふ波の月影」（伏見院御集・一六五四）、「影落つる月も波路やいそぐらんまかぢしげぬく興つ舟人」（草根集・四一四五）の例を見る限り、いずれも水面の月を詠んでいる。

「たかせ舟」は、浅瀬の多い川を運航するための、底の浅い舟である。兼載は、『自讃歌注』で「曙や川瀬の波の高瀬舟くだすか人の袖の秋霧」（四八）の歌に注して、「たかせ舟といへるに二の儀あり。小舟をもいへり。又、瀬のたかき川をさす舟をもいへり。是も小舟の心にかなへり」と定義している。特に「たかせ舟」と詠出したのは、前句から、古注二、三の引歌「高瀬舟くだす夜川の水馴棹とりあへず明くる比の月影」を連想したためであろう。

【古注】

一　たかせぶねとは、ちいさき舟《ふね》也。川舟《かはぶね》などをいひ侍《はべ》り。小舟《こぶね》なればゆくかげはやきといへり。

二　高瀬舟下す夜川の涼しきにとりあへず明る比の月かげ（拾遺愚草・二二二六、第三句「みなれざを」）

舟の行影のはやきに月もはやく見ゆる也。

三　高瀬船下すよ川のみなれ竿取あへず明る夏の月影（夫木抄・三三二九）

四　たかせ舟とは、こぶね也。此舟の行ば月の行さまなり。

たかせ舟さほさすそでのすゞしきに

初ウ八　16　風こそおつれ山のした水　　雑・山類・水辺

【現代語訳】高瀬舟を漕ぐ舟頭の袖が涼しげであるのに加えて、山陰を流れる水音が風に運ばれて涼しさを増すことである。

【評釈】「山のした水」は、山中で草木の陰を流れる水のこと。和歌に「涼しさは夕暮れかけてむすぶ手の袖にせかるる山の下水」（続千載集・一七二九）と詠まれる。「風こそおつれ」という表現は和歌に見えないようであるが、「山深き杉のしげみを吹き落ちて麓によはる竹の下風」（夫木抄・一三二一五）などと詠まれることから、風が山から吹き下ろしてくる、と解しておく。

【古注】

一　山のした水《みづ》のすゞしきていまで也。

二　舟さす袖の涼しきに、ふかずともの風こそ吹おつれといふこゝろ也。

三　（ナシ）

四　是は涼しさに風こそ落れと云かくる付よふ也。高瀬船を風の吹送りたるなり。

風こそおつれ山のした水

初ウ九　17　松のはのつれなき色に秋くれて　　秋・植物〈木〉

【現代語訳】風が山の木々の葉を落として山の下水をおおうが、そのなかで松の葉だけは木の葉の色をかえようともせず、つれないままに秋が暮れていく。

【評釈】前句の「風こそおつれ」を、風が木の葉を散らすと転じた。その風にも葉を落とさない松を出して、恋の呼び出しのようなはたらきを持たせている。古注二に引用する和歌は未詳であるが、類似の和歌に、「染めやすき山の紅葉にならびきてつれなき松に降る時雨かな」(書陵部蔵菅家御集・一九三)がある。

【古注】

一　松《まつ》のははおち葉《ば》せずつれなきに、風《かぜ》のみ吹《ふき》おちて秋《あき》くれたる心《こゝろ》也。

二　松の葉は落もせで風こそおつれと也。一句は恋也。染やすきよその梢の習ひしてつれなき松にふる時雨かな(典拠未詳)

三　ちがひて付たる也。松のは落ぬ也。当て付なり。

四　付る心は、つれなくて風こそ送れと也。一句、悉く草木色付とも松ひとりつれなく色見へぬなり。

松のはのつれなき色に秋くれて

初ウ十　18　いつ花すゝきなびくをもみん　　秋・植物〈草〉・恋

【現代語訳】つれない松のように心変わりすることのない相手を待っているうちに、とうとう秋も暮れようとしている。いつになったら、花薄のようになびく色を見せてくれるというのか。

【評釈】前句のつれない松がいつ花すすきのように、こちらになびいてくれるかというのである。「松」に「待つ」が掛けられているので、付句の「いつ」が効いている。古注二に「三句目也」というのは、打越の句（16句）と前句（17句）がよく付いているので、そのあとの「三句目」をいう。

【古注】

一　恋《こい》の句《く》也。松《まつ》のはのつれなきを人《ひと》にたとへて、いつ花《はな》すゝきのやうになびかんと也。

二　三句目也。秋暮ていつとねがふ心也。一句は恋也。薄のなびきやすきに人のいつなびくべきぞと也。

三　恋也。下の心、松のはのやうに難面人の花薄の□《（や脱カ）》うにな引をいつかみんと願たるなり。

四　是は思ふ人いつなびく見んとなり。

いつ花すゝきなびくをもみん

初ウ十一　19　いたづらにおもひ入野の露ふかみ　　　秋・降物・恋・名所

【現代語訳】いつ花薄がなびくのを見たかと思うように、知らぬ間に入野の奥に分け入ってしまった。私の恋もそれと同じように、思いはつのるばかりで、野に深く置く露のようにむなしい恋の涙を流すことである。

【評釈】「入野」は山城国の歌枕。「人知れず思ひ入野の花薄乱れ初めける袖の露かな」（新後撰集・七七〇）などと和歌に読まれるように、前句の「花薄」に付く。露はここでは古注一が言う「おもひの露」すなわち恋の涙ということになる。

【古注】

一　これも恋《こい》也。本歌《ほんか》、さをしかのいるの、すゝきはつお花《ばな》いつしかいもがたまくらにせん（万葉集・二二七七、新古今集・三四六）いたづらにおもひ入とは、きよくもなき恋路《こいぢ》におもひ入《いり》たるおもひの露《つゆ》のふかきをいへり。

二　さをしかの入野の薄初おばないつしか妹が手枕にせん　なびく薄もみぬ程に、いたづらに思ひ入たる也。一句は恋也。

三　是も恋也。歌に、徒に行ては帰る物ゆへにみまくほしさにいざなはれつゝ（古今集・六二〇、第二句「ゆきてはきぬる」）

四　入野とは名所也。此三句は皆恋なり。さほ鹿の入野のすゝき初尾花いつしか妹が手枕にせん

いたづらにおもひ入野の露ふかみ

初ウ十二　20　やどりをとへば人ざともなし　　雑・人倫・居所・旅

【現代語訳】旅の途中、あてもなく露が深くおいた野に分け入って一夜の宿りを求めようと思うのだが、人里にゆきつくことができないでいる。

【評釈】前句の「いたづらに」を、「あてもなく」の意にとりなして、旅の途中、野に深く分け入り、人里を探す旅人のこととした。

【古注】

一　旅《たび》にとりなして、はるぐ〵野《の》を分《わけ》てやどりをたづぬれども、人《ひと》ざともなきを、いたづらにおもひ入《いる》といへり。

二　野べに舎なければ、いたづらに思ひ入たる。旅なり。

三　いたづらに立やあさまの夕けぶり里とひかぬる遠近の山（新古今集・九五八）

四　一句は旅なり。古郷のさまなり。

やどりをとへば人ざともなし

初ウ十三　21　よの中やきのふけふにもかはるらん　　雑・述懐

【現代語訳】久しく帰っていなかった古郷を訪ねてみると、もはや人里とも思われぬありさま。世の中の移り変わりの激しさに驚かされる。

【評釈】「きのふけふにも」とは、「昨日今日のうちにも、またたく間に」という意。古注二、三に引用する『古今集』歌の「斧の柄の朽ちし所」については、『顕注密勘』に「をの、えのくちし所とは、晋王質といひし人、薪こりに山《奥》へいりけるに、仙人のふたり碁うつ所にゆきて、一番をみけるほどに、しりかけてをりけるをの、えくちたりと云事をよめり。つくしにて碁うちける人、京にかへりて、其人のもとへつかはしける歌也」と説明されている。原話は『述異記』などによる。前句の「人ざと」を、『古今集』の歌より「古郷」の意に転じて、その変わり果てた様を付けた。

【古注】

一　きのふまで有《あり》し人家《じんか》も、ほどなく旧跡《きうせき》などにかはりたる体《てい》也。

二　古郷はみしにもあらず斧の柄の朽し所ぞ恋しかりける（古今集・九九一、第二句「みしごともあらず」）　古郷に帰てみれば、昨日今日と思ふに、我やどりもなく、人里もなく成心也。仙家に碁を見て帰しこゝろなり。

三　仙家に入て碁を見て帰ぬれば、里は古終て古に成たる例也。古里はみしともあらずをのゝえのくちし所ぞ恋しかりける

四　一句は世間うつりかわる事なり。

よの中やきのふけふにもかはるらん

初ウ十四　22　いとなむとしのあけがたの春　　春・夜分

【現代語訳】昨日は去年で今日は今年、わずか一日のことで世の中が一変したかのように思われるが、元日の朝には、誰にもめでたい正月がやってくるものである。

【評釈】「いとなむとし」とは正月祝いの準備をする意で、その翌朝、めでたく「年が明く」と「あけ

がた」を掛けた句作り。前句の「きのふけふにもかはる」を、去年から今年へ年がかわることに転じた。古注三に引用される和歌は「今日に明けて昨日に似ぬは皆人の心に春の立ちにけらしも」（玉葉集・一）。また、古注一に「恋しゆつくはい（述懐）などのあまたつゞき侍る三句めをば、かやうにやるべし」といっているのは、ここまで恋や述懐など、心を砕いた付句が続いたあとの三句目を、軽く遣句で作るのがよいということである。たしかに新春のめでたさを詠んで、前句との続きようも軽々とした付句であるといえる。

【古注】

一　昨日《きのふ》までとしの暮《くれ》といとなみしが、一夜《ひとよ》あけて心《こゝろ》ものどやかに春《はる》になりたるを、きのふけふにもかはるらんと、やすく〳〵と付《つけ》られ侍るおもしろし。恋《こい》しゆつくはいなどのあまたつゞき侍《はべ》る三句《さんく》めをば、かやうにやるべしとぞ申侍《はべ》る。

二　いかにねて起る朝にといふ事ぞ昨日をこぞと今日をことしと（後拾遺集・一）年を一夜のうちに昨日今日と易たるこゝろ也。

三　歳暮心也。皆人の心に春の立けらし

四　付様は、きのふを去年、けふを今年として春をいとなむ事なり。是はおき出て年の中《の歟》をいとなむとなり。

いとなむとしのあけがたの春

二オ一　23 を田かへすしづはかすみにおきいで丶　　春・夜分・聳物・人倫

【現代語訳】賤は霞が立つとともに起き出して新春の明け方から田を打ち返している。

【評釈】前句の「春」が「を田かへす」に付き（「春の心↓小田かへす」合璧集）、前句「いとなむ」（正月を迎える準備をする）を「を田かへす」に取りなす。「小田返す」は早春、田の土を打ち返す事である。「しづ」（賤）は、身分の低い卑しい者。

【古注】

一　此《この》いとなむは歳暮《せいぼ》にあらず。一年《ひととせ》のいとなみ也《なり》。早天《さうてん》におきいで丶を田《だ》をも返《かへ》しいとなむ心《こゝろ》を、あけがたの春《はる》といへり。

二　賤が田返すは、今年の業のいとなみの始也。

三　田をかへすは陽春のいとなみなり。

四　（ナシ）

を田かへすしづはかすみにおきいで〻

二オ二　24　ながき日をさへ猶おしむ空

【現代語訳】朝から霞とともに起き出して田を打ち返していた賤は、長くなってきた春の空でさえ猶惜しんで仕事に精を出している。

【評釈】「ながき日」はのどかな春の日。古注二、四に指摘するように、付合としては、賤が長き日をさえ惜しんで仕事に精を出しているととらえて良かろう。また、古注一、二に指摘するように、一句としての解釈は、「心ある人」（風雅を解する人）が、春の日が暮れてしまう事を惜しんでいるととる。そこから、古注一では、蘇軾の「春夜」の「春宵一刻直千金」を参考としてあげている。

【古注】

一　世上《せじやう》のいとなみに日《ひ》のくる〻をおしむ心《こゝろ》也。一句《いつく》は心《こゝろ》ある人《ひと》の春《はる》の日《ひ》をおしむをいへり。春宵《しゆんせう》一刻直千金《いつこくあたいせんきん》（蘇軾「春夜」）とも申候哉。

二　しづが惜む日也。一句は光陰を惜心也。

三　（ナシ）

四　付様は賤がおしむとなり。

ながき日をさへ猶おしむ空

二オ三　25　おく山にくらしわびたる冬ごもり　　冬・山類

【現代語訳】春の日は長くても猶惜しまれ短く感じるのに、奥山の冬籠もりは辛く、短くても一日を過ごすのが長く感じられてしまう。

【評釈】前句に違えて付けている違付の句。春は「ながき日」でも短く感じるのに、「冬籠もり」の一日の経過は辛く長く感じられるという意味。冬籠もりは、冬、人間や鳥獣、草木が活動を控えること。

【古注】

一　ながき日《ひ》をさへおしむならひなるに、山《やま》ざとの冬《ふゆ》ごもりのつれ〴〵は、みじかき日《ひ》をもくらしわびたると也。

二　対句の心也。春日○《は》永きをおしみ、冬の日はくらしわぶるこゝろ也。

三　ちがひて付る也。春は永日短、悪には短にもながきこゝろあり。

四　是はみじかき日をさへ暮し侘たると也。

おく山にくらしわびたる冬ごもり

二オ四　26 **まどうつあられ軒の木がらし**　冬・降物・居所

【現代語訳】侘びしい奥山の冬ごもり。窓には霰が打ち付け、軒の木枯らしが寒々と吹き付けている。

【評釈】古注二にあるように前句の無文（技巧や飾りのない）の句に、古注四に言うように、冬籠りの憂鬱を情景で付けたものであろう。次の句の古注一に「これ又なりの句」とある事からも、この句が、前の句に単に叙景で付けたものである事が類推される。「霰降り山吹き荒らす木がらしに月影ながらなびく白玉」（夫木抄・七一二二）や「雲さそふ峰の木がらし吹きなびき玉田横野に霰過ぐなり」（夫木抄・九六九四）など和歌にも「あられ」「木がらし」二つを詠み込んだ歌が存する。

【古注】

一　山《やま》ざとの冬《ふゆ》のていなり。

二　此前句無文の句也。霰木がらしを文に入たる也。霰木がらしを聞て、暮しわびたるこゝろ也。

三　（ナシ）

四　前の山家のうきを付出すとなり。

まどうつあられ軒の木がらし

二オ五　27　玉ざゝもかしげてたてるいはがねに　　雑・植物〈草〉

【現代語訳】窓を霰が打ち、軒を木枯らしが吹きすさぶ山家。岩の根元には笹の葉も傾いて立っている。

【評釈】古注一や、古注四にあるように、これも引き続き「なりの句」(叙景句)である。「霰」「木枯らし」の為に傾いている笹を景色として付けたものであろう。古注二では、この句の典拠に『金槐集』を挙げている。「玉ざゝ」という言葉は和歌では、『拾遺集』あたりから用いられている。「我が駒ははやくゆかなん朝日子が八重さす岡の玉笹の上に」(拾遺集・五八四)、「家にいきて我がやを見れば玉笹のほかに置きける妹が小枕」(拾遺集・一三二九)などである。「岩」とともに「笹」を詠んだ例は「山河の岩間の笹はひたすらに忍びしふしはあらはれにけり」(夫木抄・一三三〇三)などに見られる。また「霰降る岩ねの小篠音たててこほれと散るや滝の白玉」(亜槐集・七六二)のように「あられ」「岩ね」「篠」を詠み込んだ歌もある。

【古注】

一　これ又なりの句《く》也。
二　笹のはに霰さやぎてみ山べは嶺の木がらししきりてふきぬ（金槐集・三五〇）　山家の体也。
三　時節又そこらのあり様也。
四　是はなりまでなり。

玉ざゝもかしげてたてるいはがねに

二オ六　28　松はのべふすはしの一すぢ　　雑・水辺・植物〈木〉

【現代語訳】岩には傾いて笹が立っており、松は横たわって一筋の橋として架かっている。

【評釈】「いはがね」に「松」を付ける（「いはね→松」合璧集）。これも前句に景色を付けた「なりの句」である。「松はのべふす」は、古注二に指摘があるように、『三体詩』巻三、李洞の「送僧還南海」という詩の「松偃旧房前」を受けている。この詩は、さらに三蔵法師玄奘が旅立ちの時に、寺の松の木を撫で、自分が西へ去ったら西に向かってのびよ、帰って来る時には、東に向かって伸びよと言ったという故事を受けている。『和玉篇』や『書言字考節用集』には、「偃」を「ノベフス」と訓じている。連歌辞書『匠材集』では「のべふす松」を「よこたはりたる松也」とする。「はしの一すぢ」という用例は、連歌には多く見られるが、『新編国歌大観』においては、近世初期の「星合の中なる河のそれならで紅葉をわたす橋の一すぢ」（通勝集・一一五九）という例しか見いだす事が出来ない。

【古注】

一　此三句《このさんく》なりの句《く》也。

二　さゝはたてるに、松はのべふす也。臥と立ると対也。長安却回日、松偃旧房前（李洞「送僧還南海」）

三　（ナシ）

四　付よふさらに〳〵。

　　　松はのべふすはしの一すぢ

二オ七　29　さびしさの門よりみゆるてらふりて　　雑・釈教

【現代語訳】松はのべ臥して一筋の橋となっており、寂しさは門の所から既に気配が感じられ、寺はすっかり古びてしまっている。

【評釈】「はしの一すぢ」に「寺」を付ける（「橋の一筋↓奥の古寺」随葉集）。26句が居所であるので、差し合いでここでは居所とはしない。『産衣』にも「寺の門　寺の庭　寺の軒」を「非居所」としている。兼載の自選句集『園塵』第一（続群書類従本・九七三）には、「こけにかたぶく橋の一すぢ」に「峯たかみ岩のひまより寺みえて」という付句を付している。また、『兼載雑談』に「寺ありげなる橋の一すぢ」という句に「松原の奥物ふかく門みえて」という付句が付されているものが見える。これについて『兼載雑談』には「政次の句なり。これを兼載、水落ちてとなほされたり。一向人家もなきかたをしてこそ、ありげなる付くべけれと宣ひしなり」と述べている。古注一にあるようにこれも「なりの句」で、前句に景色を付けたものである。古注一、三はここで、『三体詩』李洞の「送僧還南海」を受けていると指摘しているが、前句において古注二に従い、『三体詩』中の詩句に沿った解釈をしたので、ここでは、その立場を取らない。『園塵』第二（続群書類従本・九五七）に前句と、この付句を収録しており、兼載のこの句に対する思い入れが窺える。

【古注】

一　これもなりの句《く》にて侍《はべ》れどもすこし心《こゝろ》もり侍《はべ》り。寺《てら》のうちのさびしさしいるかどよりみえ侍《はべ》ると也。松堰《（ママ）》旧房前といふ句あり。

二　寺古松はのべふして、さびしくみえたる也。

三　長安却回日、松ハ偃旧房ノ前詩の心也。

四　前句に相あたるなり。

さびしさの門よりみゆるてらふりて

二オ八　30　かくともいはず人やかへらん　　雑・人倫・恋

【現代語訳】寂しさが門の所から漂っている寺は古びていて、（出家してしまった人に）何も告げないで、その人は帰ってしまうのだろうか。

【評釈】古注一に言われるように遣句と捉えられよう。付合全体としては、古注一、四ともに古寺の寂しさを訪う事もなく、客が立帰る意味に取る。古注二では、寺を訪ねてきた人が、寺の荒廃の様子を見て、寺の主が断りもなく寺を辞していったのだろうと推測しているという解釈。一句の解釈としては、古注四にあるように恋句ととらえる事が出来る。

【古注】

一　これもやり句《く》にて侍《はべ》り。さびしさをもとぶらはず、門《かど》より人やかへらんと也。
二　かくともいはずとは、寺の主の去たる心也。さびしきを見て、門より人やかへらんのこゝろ也。
三　（ナシ）
四　是は古寺のさびしげなるをみて立帰る也。一句は恋也。

かくともいはず人やかへらん

二オ九　31　あふよはに鳥のそらねをなくもうし　　雑・夜分・動物〈鳥〉・恋

【現代語訳】（次に逢う約束など）何も言う事もなく、そうそうにその人は帰ってしまうのだろうか。（その人と）逢っている夜に、人が鶏の鳴き真似をするのも憂鬱なことだ。

【評釈】前句が遣句であり、流れを転じさせた所で、前句に芽生えていた恋の気分を強めた句。「人やかへらん」がここでは、後朝《きぬぎぬ》の場景に転じている。「鳥のそらね」を付けた典拠について、古注二や、古注四は『後拾遺集』清少納言の歌「夜をこめて鳥の空音ははかるともよに相坂の関は許さじ」を指摘する。詞書には大納言行成が物語などしていた時に御物忌みにこもるのでといって急いで帰った翌朝、鳥の声に催促されたのだと言ってよこしたので、清少納言が、その夜深い時の鳥の声というのは函谷関の鳥ですかと機知で応じた所、行成は、いや逢坂の関の鳥だと答えたので詠んだとある。函谷関の夜深き鳥は『史記』に見られる故事に拠る。すなわち、斉の孟嘗君が秦の昭王から逃れるとき、まだ夜更けで函谷関が閉まっていたので、食客の一人が鳥の虚音《そらね》をして関を開けさせたという故事である。

【古注】

一　鳥《とり》のそらねとは鳥《とり》に似《に》せてなくをいへり。まことの鳥《とり》のねにてもなきを、そらねともいはず、人やかへらんと也。

二　夜をこめて鳥の空音ははかるともよに相坂の関はゆるさじ（後拾遺集・九三九）鳥の声を聞て、さら。ば《ば》ともいはず、人やかへらんずらん、鳥のねはうしといふ心也。鳥のそら音古事有。

三　（ナシ）

四　心は、鳥早く鳴て、人のかくとも云ず帰らんはうきと也。清少納言、行助《（ママ）》に逢夜、鳥の空音を聞てよめる、世をこめて鳥の空音ははかるとも世にあふ坂の関はゆるさじ　此心也。

あふよはに鳥のそらねをなくもうし

二オ十　32　まだ山のはゝとをき月かげ　　月・秋・光物・夜分・山類

【現代語訳】人と逢っている夜に鶏が嘘鳴きをするのも憂鬱な事だ。まだ月は山の端に遠く、高い位置にあるというのに。

【評釈】「鳥の鳴く」と「夜明け」は寄合であるが（「鳥のなく↓夜明け」連歌寄合）、ここでは、前句の「鳥のそらね」を受け、まだ「山のは、とを」いのだから、「虚音」であろうとしたものと考えられる。前句では、人が鳥の声をまねたものを付句において、鳥の声に転じているものと考えられる。古注二にも「まだ山のはに遠き月なれば、今なく鳥はそらねといふこゝろなり」という一文が見える。古注は、ほぼこの部分をそのように解釈しているものと考えられる。古注一、三では、背景に『三体詩』巻一、張継の「楓橋夜泊」の「月落烏啼霜満天、江楓漁火対愁眠、姑蘇城外寒山寺、夜半鐘声到客船」を見る。古注二の本文「山のはは」の異本表記に「山のはに」とある。

【古注】

一　月はまだなか空《ぞら》にのこりてよぶかきに鳥《とり》のそらねをなくをいへり。

二　月落烏啼霜満天（張継「楓橋夜泊」）　月落烏なきてとこそ古人もいへるに、まだ山のはに遠き月なれば、今なく鳥はそらねといふこゝろなり。

三　月落烏啼霜満天　今鳴は空音となり。

四　誠に空音なりとなり。

　　　　　　まだ山のはゝとをき月かげ

二オ十一　33　むさしのやいつ秋かぜのはてならん　　　　秋・名所

【現代語訳】広大でまだ山の端が遠いという武蔵野の月明かりの下では、（秋の果てがないと歌われているが）、いつ秋風が果てる事だろう。

【評釈】前句で時間的なものを表すのに用いられた「山のはゝとをき」という句を、「武蔵野は月の入るべき峰もなし尾花が末にかかる白雲」（続古今集・四二五）という歌に見られる「武蔵野」という場所の「月が沈むべき山の端が遠い」という本意を踏まえた上で、空間的な距離が遠いという事に詠み変えたもの。「秋かぜのはて」は、古注一が引く「むさしのはゆけども秋のはてぞなきいかなる風の末にふくらん」という歌を踏まえている。古注二に見られる「むさし野は月の入べき山もなし草より出て草にこそいれ」の下の句の句形は「尾花が末にかかる白雲」が一般的であり、古注二に見られる句形は室町の頃から俗伝としてあり、江戸期に流布したもの。『随葉集』にこの句形で収められる。

【古注】

一　山のはのとをきにむさしのをおもひよせて、むさしのはゆけども秋《あき》のはてぞなきいかなる風《かぜ》の末《すゑ》にふくらん（新古今集・三七八、第四句「いかなる風か」）といふ心《こゝろ》をふくめり。

二　むさし野は月の入べき山もなし草より出て草にこそいれ（典拠未詳）武蔵野は山遠き所なり。

三　武蔵野は行末近く成にけり今宵ぞ満る山のはの月（続古今集・八七九）

四　此野は山なき野なり。

むさしのやいつ秋かぜのはてならん

二オ十二　34　千くさの露ぞきえもさだめぬ　　秋・降物・植物〈草〉

【現代語訳】武蔵野ではいつ秋風が果てるのだろう。いろいろな草の露も消えつきる事はないのだ。

【評釈】前句「秋かぜ」を「千くさの露」で受ける。秋風が吹き果てないように、「千くさの露」も消えつきる事がないと付ける。前句「むさしの」が空間的に広い為に、「いつ」（どこまでいけば）「秋かぜのはて」があるのだろうという意味だったものを、ここでは、「むさしの」はあくまで脇役にとどめられ、「いつ秋風が果てるのか」という、「秋かぜ」の時間的連続性に主眼が移り、それを消えても消えてもまた結ぶ「千くさの露」がいつ消え尽くすのかという「千くさの露」の時間的連続性で受けている。

【古注】

一　ちくさの露《つゆ》きえてはむすび〳〵するを、いつ秋《あき》かぜのはてならんといへり。

二　道しばの露に争ふ命哉いづれかさきに消んとすらん（新古今集・一七八八）露を風の吹尽といへども、千くさなれば一度にはきえぬなり。秋風の吹つくす期もなく、露の消尽期もなしとなり。

三　（ナシ）

四　露多く置ゆへにきへ定ぬとなり。

千くさの露ぞきえもさだめぬ

二オ十三　35　むかしよりひとりのこるもなき物を　雑・人倫・述懐

【現代語訳】いろいろな草の露は消えつきる事がない。人は昔から一人として消え残ったものなどないのに。

【評釈】前句「きえもさだめぬ」を人の事に対比して、（人は）「ひとりのこるもなき物を」と受ける。古注一の解釈では、人は一人も消え残る者はないのに、露は消えてはまた結ぶというもの。それに対し、古注二では、『新古今集』の例を引き、露も人も「をくれ先立」つ事はあっても、いずれみな消えてしまうという解釈を取る。

【古注】

一　人はこの世《よ》にむかしより一人《いちにん》もきえのこらぬならひなるに、千《ち》くさの露《つゆ》はきえては又むすぶと也。

二　末の露もとの雫や世中のをくれ先だつためしなるらん（新古今集・七五七）ちくさの露のきゆるとすれども残る露も有を、人の生死に似たると云心也。残るとする露も、をくれ先だちみな消る也。人もかくのごとし。をくれ先立、ひとりものこらぬこゝろなり。

三　朝露は消残りても有ぬべし誰か此世をたのみはつべき（伊勢物語・五十段）

四　生死流転のありさま、眼前なり。

むかしよりひとりのこるもなき物を

二オ十四　36　かゞみに雪をなになげくらん　雑・述懐

【現代語訳】昔から一人として生き残ったという試しはないのに、鏡に雪（白髪）が映ったとて何を嘆く事があろう。

【評釈】前句「ひとりのこるもなき」を老後の述懐と取り、それを「かゞみに雪」で受けた。「かゞみに雪」は「鏡の雪・鏡の波と云は、古今序に、鏡の影に見ゆる雪と波とをと云事あり。髪の雪・額の波との影也。たゞ老の影と可心得也」（連歌寄合）とあるように、老後鏡に映った自らの姿のことである。したがって、「かゞみ」の「雪」は似物《にせもの》の雪である為、降物にはしていない。古注二や、古注三では、これについて、『三体詩』巻一の許渾「送隠者」中の詩句「公道世間唯白髪、貴人頭上不曽饒」あるいは、巻一の許渾「秋思」中の詩句「高歌一曲掩明鏡、昨日少年今白頭」を典拠として挙げている。

57　第一百韻注

【古注】

一　白髪《しらが》になる事はたれものがれぬならひ也。貴人《きにん》頭上《づしやう》もかつてゆるさずといへる心也。

二　世間公道唯白髪、貴人頭上曽不饒（許渾「送隠者」）かゞみの雪は白髪也。昔より白かみに残るもの独もなしと云心也。なげくまじきのこゝろ也。

三　世間公道惟白髪、貴人頭上曽不悦　白髪残らぬを云也。高歌一曲抱明鏡、昨日八少年（許渾「秋思」）と云詩也。

四　一句は老後のさま也。みるめ面白き也。

かゞみに雪をなになげくらん

二ウ一　37　池水のさゆるになるゝ鳥の声　冬・水辺・動物〈鳥〉

【現代語訳】水面にふりかかる雪を水鳥はなぜ嘆くのか。池水の寒さ冷たさには馴れているはずの水鳥なのに声をあげて鳴くなんて。

【評釈】「かゞみ」と「池」が寄合（合璧集）。人が鏡に映った白髪を嘆く意の前句を、雪が舞う池の水鳥の句と転じた。古注二には「鏡の池、名所也」とあるが、必ずしも歌枕「鏡の池」の情景とする必要はなく、池の水面を鏡に喩えての寄合により「池」そして「(水)鳥」が導き出されたと考えればよい。水鳥が寒さに慣れているとするのは、『拾遺集』に「夜を寒み寝覚めて聞けば鴛鴦《おしどり》のうらやましくもみなるなるかな」（冬・二二六）とあるように、和歌に先例があるが、「さゆるになるる」と連体形を並べるのは連歌的縮約表現。前句「何なげくらん」で嘆くこと自体に疑問を呈しているのを受けて、水鳥は寒さには慣れているはずなのにと付けた。古注二、三の提示する和歌「さつまがた鏡の池のひとつ鴦をのが影をや友とみるらん」を踏まえるとすれば、独りでいることの辛さを嘆くことになるが、輪廻の気味があるので、ここでは採らない。

【古注】

一　いけのかゞみといふ事侍《ことはべ》り。池水《いけみづ》の雪《ゆき》のさむさにもなれたる水《みづ》どりの、などなげきがほになくらんと也。

二　さつまがた鏡の池のひとつ鴦をのが影をや友とみるらん（典拠未詳）鏡の池、名所也。水鳥と生れ来ては、雪の比《ヒ》何《何》なげくらんと也。

三　薩越がた鏡の池の一鳥己が影をや友とみるらん

四　是は池を鏡にとりなして付る也。寒さに馴て鳥は鳴まじきが、何《（なげカ）》きくらんと付る也。

池水のさゆるになるゝ鳥の声

二ウ二　38　夢うちさめておもひやるとこ　　雑・夜分・居所・恋

【現代語訳】おしどりの騒ぐ声に夢を覚まされた寝覚の床では、池水の寒さに馴れてしまったおしどりのことが、あわれに思い遣られてならない。

【評釈】「浮鳥→床」（合璧集）とあるが、水鳥の浮き寝の床ではなく、37句所引の『拾遺集』二二六の上の句に「寝覚て聞けば鴛鴦の」とあり、『後拾遺集』八八九にも「このごろの夜半の寝覚めは思ひやるいかなる鴛か霜ははらはん」とあるように、夢から目覚めた人の床を付けた。前句では、何を嘆くのかと水鳥の心を忖度したが、付句では思い遣る人に焦点が合わされる。独り寝の気味があるので展開にはやや欠けるが、一句としては恋の句に転じた。

【古注】

一　本歌《ほんか》、冬《ふゆ》のよをめざめてきけばをしぞなくはらひもあへずしもやをくらん（古今六帖・二二一四、一四七六重出。第一句「よをさむみ」の形では後撰集・四七八、拾遺集・二二八重出）一句《いっく》は恋《こい》の句《く》なり。

二　鴛鴨のうきねいかにとすむ水の心しらるゝ松の風哉（典拠未詳）水鳥の床を思ひやりたるこゝろなり。

三　（ナシ）

四　鳥をあわれむ心なり。一句は恋なり。

夢うちさめておもひやるとこ

二ウ三　39　恋路にもながきやみをばいかゞせん　　雑・恋

【現代語訳】いつ果てるともなき恋の妄執故に、死後の長い闇路になおさら迷うことになるのを、いったいどうすればいいのだろう。またあの人のことを夢に見てしまった。いま、夢がさめたばかりの床の上で、つくづく我身の執心の深さを感じている。

【評釈】「ながきやみ」は、『後拾遺集』一〇二六の「上東門院あまにならせ給ひけるころ、よみてきこえける／君すらもまことの道に入りぬなりひとりや長き闇にまどはん」にあるように、往生できない死後の迷いを闇に喩えたもの。連歌では「いかがせん」と「いかにせん」の差異が問われるが、ここは「いかにせんハ上五文字、いかゞせんハ下五文字。但、上ノ五文字ニ可レ有二分別一」（巴聞）とあるのに叶う。古注二、三に「煩悩即菩提の心」「引道《いんどう》（導）の心」とあるように、前句の「夢うちさめて」を恋の妄執を契機に悟りを開くという意に解すれば釈教の句になるが、次の40句も恋の句なので採用しない。

【古注】

一　恋路《こいぢ》ゆへ後《のち》の世《よ》のながきやみにまどはん事《こと》を、ゆめうちさめておもひやりなげきたる心《こゝろ》也。

二　煩悩即菩提の心也。後のやみ。を思ひやる心也。

三　引道のこゝろなり。

四　前句は夢覚て有、多分をしと不便に思ふたる事也。付ては、来世を観じたる心なり。

恋路にもながきやみをばいかゞせん

二ウ四　40　しるべはかなき人のおもかげ　雑・人倫・恋

【現代語訳】遠くて暗い夜道をあの人の許へと忍んで行くのに、あの人の面影だけがしるべとは、何とも不確かで頼りないことだ。

【評釈】長き闇を、死後の闇路から今の恋人への通い路とした。遠くて暗い夜道には道しるべが必要である。「おなじくは逢ひみむまでのしるべせよ誰ゆゑ迷ふ恋路ならねば」(続拾遺集・七四六)。しかし、しるべとては、恋人の面影、つまり私の恋い慕う気持ちのみが頼りの、おぼつかない恋路。ましてや、遠く暗い夜道である。「思ひ入る心ばかりのしるべにてなれぬ恋路の末や迷はん」(嘉元百首・五五八・初恋、題林愚抄・六二〇五にも)。

【古注】

一 人のおもかげ、恋《こい》のしるべがほなれども、来世《らいせ》のしるべとは成《なる》まじき心《こゝろ》也。

二 しるべとは引導の心也。後世の道しるべのはかなきとなり。一句は恋也。人の俤を道しるべにして忍び行こゝろ也。

三 (ナシ)

四 一句は、俤はかなき者なりと也。付ては、思ふ人は見へねば、はかなき闇のよふになると也。されば、しるべはかなきとなり。

しるべはかなき人のおもかげ

二ウ五 41 松かぜをふるきみやこにともなひて 雑・植物〈木〉

【現代語訳】いにしえの都を訪れると、昔の都人を偲ばせるものとては松ばかりが残り、ただそこには松風が蕭条と吹いているだけであった。

【評釈】昔の人の面影を偲ばせるものとしての松、たとえば昔人の手ずから植えた邸宅の松など、を付けたか。但、「しるべ」と「松風」を結びつける和歌の用例は古いものは見当たらない。「とはばやなこよひの宿の松風も吹きつたふべき末のしるべを」（草根集・七二四九）。あるいは、古注二の引く定家の歌、「面影は教へし宿に先立ちてこたへぬ風の松に吹く音」に拠るとすれば、人の面影を偲ばせるものは何もなく、ただ松風だけが蕭条と吹くと付けたか。松風を伴うとする例は、「都人は暮れぬと帰る山里にともなひ残る峰の松風」（拾藻集・三三七・山家夕嵐）、「日暮るれば身に添ふ山の松風をともなひこえて旅寝をぞする」（下葉集・五七四・旅行友）などがあるが、これも古い例はない。はかなき人を今は亡きいにしえの都人の面影とすることで、前句の恋から離れた。

【古注】

一　ふるき都《みやこ》にのこりたる松風《まつかぜ》を人のおもかげといへり。

二　俤はをしへし宿に先だちてこたへぬ風の松に吹音（六百番歌合・六五九・尋恋、第五句「松にふくこゑ」、新後撰集・一〇四三、定家卿百番自歌合・一一〇にも）松風を旧都のしるべにしたるこゝろ也。人の俤は、昔の都人のおもかげなり。

三　同―影の松風は人の面かげとなる也。

四　一句はさびしき体なり。付ては、此松をばたれか植恋《（置カ）》たるらん、面影には松斗りとなり。

松かぜをふるきみやこにともなひて

二ウ六　42　花もくちたる道しばの露　　花・春・降物・植物〈木・草〉

【現代語訳】古き都の跡には松風がさびしく吹くばかりで、昔の栄華をわずかに伝えてくれるはずの桜の花も既に散り落ち朽ちてしまった。道端に生い茂った雑草には旧都の荒廃を哀れむかのように露が置いている。

【評釈】「ふるきみやこ」（故郷・古京）に「道しば」が付く（「奈良→道の芝草」連歌作法、「たちかはり古き都となりぬれば道の芝草長く生ひにけり」万葉集・一〇四八、田辺福麿歌集）。また、古京と花には、『古今集』の平城天皇「古里となりにし奈良の都にも色はかはらず花は咲きけり」（九〇）ほかがあるが、それを、この句では、昔の栄華を僅かに残すはずの花も朽ちたとする。前句の松が昔人の面影であったのを、都自体の荒廃を嘆く句とした。秋の句ではないのに、露が詠まれるからには、「袖さへ濡る、道芝の露／古の宮の内野の原を見て」（竹林抄・一一三九、「連歌寄合」所引）とあるのと同じく、露すなわち涙の意を読み取るべきか。

【古注】

一　旧都《きうと》の落花《らつくわ》に松風《まつかぜ》ばかりのこりたる心《こゝろ》なり。

二　松風の花を伴ひたる也。道芝は旧都のあとの体也。

三　（ナシ）

四　花も朽たるゆへ露もなきとなり。

花もくちたる道しばの露

二ウ七　43　夕ひばりかすみにおちて行春に　　春・時分〈夕〉・聳物・動物〈鳥〉

【現代語訳】花も既に朽ちてしまい、芝草の背も高く伸びてきた去り行く春の夕べに、野中の巣をめざして、雲雀が霞の中をいっさんに落ちて行く声が聞こえる。

【評釈】「雲雀→芝ふ」（合璧集）が寄合。「あはれにも空にさへづる雲雀かな芝生の巣をば思ふものから」（千五百番歌合・四三四、夫木抄・一八五六、題林愚抄・一三一一にも）があり、芝生には雲雀の巣がある。「かすみにおちて」は、雲雀の急降下を『詠歌一体』「主ある詞」の一、「霞におつる」という秀句に結び付けたもの。「暮れてゆく春のみなとは知らねども霞に落つる宇治の柴舟」（新古今集・一六九）。「夕ひばり」は『六百番歌合』慈円の「春深き野辺の霞の下風に吹かれてあがる夕雲雀かな」（九四、風雅集・一三三二にも）以降に見える中世歌語。落ちて行く夕雲雀に惜春の情を感じた。霞がかっているので、この句では聴覚の句と解する。古注四の「かけてには」については、10句【評釈】の項参照。ここでは、付句の末の語が前句の頭の語に寄合の縁で懸かって行く付けのこと。

【古注】

一　道《みち》しばにひばりを付《つけ》て、暮春《ぼしゆん》のてい也

二　道しばに雲雀はえん也。落て行春に花もくちたるとよみたる也。落てとは花の事也。落《落》《ヒ》花の心にとりなせり。

三　（ナシ）

四　行春に花も朽たるとかけ手には作る也。

夕ひばりかすみにおちて行春に
二ウ八 44 たがかけそへしいとあそぶらん

【現代語訳】雲雀が落ちる暮春ののどかな景色に、一体誰が、行く春をつなぎとめようとして、さらに、のどかにあそぶ糸遊を掛けそえたのであろうか。

【評釈】「いとあそぶ」で糸遊（いとゆふ）即ち陽炎のこと。「いとゆふ〈遊糸は陽気也。生類にあらず〉→霞の衣」（合璧集）とあり、「霞晴れ緑の空ものどけくてあるかなきかに遊ぶ糸ゆふ」（和漢朗詠集・四一五・晴）とあって、霞に糸遊が付く。また、雲雀と糸遊をともに詠んだ歌に「雲雀あがる如月の日に遊ぶ糸に緑の空もまがひみえけり」（永久百首・三〇）がある。雲雀の急降下の縦線と糸遊の縦線とを重ねた（「声さへもあるかなきかを糸ゆふにまがへてあがる夕雲雀かな」草根集・一七二三）。「かけそへし」とあるのは、行く春を繫ぎ止める糸として、暮春の情景にさらに糸遊を掛けたとしたもの。なお、古注四では44句本文に「かけそへし――かけそめし」の校異があるが、次の句に「はじめ」の語があるので採らない。

【古注】
一 いとゆふの事也。春《はる》の暮《くれ》にひばりなきて、いとゆふののどかなるてい也。いとをばかくる物《もの》なれば、たがかけしいと、いへり。

二　おしむかひなくて暮行けふの春をつなぎもとめよいとあそぶ空（典拠未詳）春をつなぎとめんために、遊糸をたがかけそへつらんと也。

三　惜かひなくて暮行けふの春をつなぎ留よ糸遊の空（典拠未詳）

四　遊糸繚乱碧天と云詩（和漢朗詠集・一九・春興、「野草芳菲タリ紅錦ノ地」と一聯、「遊糸繚乱碧羅ノ天」が正しい）より出たり。一句は糸ゆふの事なり。

たがかけそへしいとあそぶらん

二ウ九　45　ひくことは五のしらべはじめにて　雑

【現代語訳】誰が琴に糸（絃）を掛けて奏でて遊んでいるのだろう。その演奏は琴の五箇の調べをはじめとして、いろいろの音楽が奏でられるのだ。

【評釈】寄合は「糸→ひく」（合璧集）。糸遊の「糸」を琴の絃に、糸遊の「遊」を管絃の遊びにとりなした。「五のしらべ」は雅楽の五調子（壱越・平・双・黄鐘・盤渉。宮・商・角・徴・羽）ではなく、琴の五箇の調べの意ととる。『源氏物語』若菜巻に「返り声に、皆調べ変りて、律の掻き合はせども、なつかしく今めきたるに、琴は五箇の調べ、あまたの手のなかに、心とどめてかならず弾きたまふべき五六のはらを、いとおもしろく澄まして弾きたまふ」とあり、『連珠合璧集』にも「やまと琴トアラバ　紫の上（源）」とあるからである。五箇の調べとは「掻手（カクテ）片垂（カタタレ）水宇瓶（スイウヘイ）蒼海波（ソウカイハ）鴈鳴調（カンメイノシラベ）」（河海抄一三、藻塩草にも所引）。「しらべはじめ」は有名な「琴の音に峰の松風かよふらしいづれのをよりしらべ初めけん」（拾遺集・四五一）による措辞か。古注二以下に見える琴の起源・絃の数についての説は、『文明本節用集』（「琴　帝王世紀ニ曰ク、炎帝五絃之琴ヲ作ス。（中略）礼儀纂ニ曰ク、堯、母句ヲシテ琴ヲ五絃ニ作ラシム。礼記ニ曰ク、舜五絃ノ琴ヲ作シ、南風ヲ歌ハシム」「瑟（上略）漢書ニ黄帝、素女ヲシテ瑟ヲ皷セシムルニ、哀勝ヘザル故ニ、五十絃ヲ破ル。世紀ニ曰ク、伏犠、瑟ヲ三十六絃ニ作ス、随音楽志ニ曰ク、破リテ二十五絃トナス。（中略）詩正義ニ云フ、午陰ニ属シテ素女ヲシテ五十絃ヲ皷セシムルニ、哀勝ヘズ、黄帝半ヲ減ゼリ」）・『太平記』巻二二（「象則ち琴を弾じて、二女を愛せんがために、舜の宮に行きたれば、舜あへて死せず。二女瑟を調べ、舜は琴を奏して、優然としてぞ居たりける」）に関連記事が見えるが、当該句の解釈には関わらない。

【古注】

一　いとにことをおもひよせて、五調子《ごてうし》よりはじまりて、色々《いろ〳〵》の調子《てうし》もいできたる心《こゝろ》也。

二　琴の緒は五十絃かけ初し也。但、五絃かけ初、後五十絃ともいへり。

三　琴に先五絃懸て、又、廿五絃十五絃有なり。

四　五の調とは、一に搔、二に片葉、三に水宇瓶、四に蒼海、五に雁明調等也。又、宮商角徴羽の五音、根元なり。是を廿五絃にして、ことのしらべとなしたり。堯の代、后、崩御し給ふ。かの二人の姫君、此琴を形見にあらそはるゝに、可然智臣、二つに引分て和琴の琴と名付、十三絃十二絃の調べとはすると也。是も五つの調べ初めなり。

ひくことは五のしらべはじめにて

二ウ十　46　むくさにしげることのはのみち　雑

【現代語訳】管絃の道は、五調子を奏でるところから始まるが、詩歌の道では、風賦比興雅頌の六義の形式で盛んに詩歌が詠まれている。

【評釈】「むくさ」（六種）は詩歌の六義。「そも〳〵歌の様、六つなり。唐の詩にも、かくぞ有るべき。その六種の一つには、そへ歌。～」（古今集仮名序）・「歌　むくさ（六儀也）」（藻塩草）。和歌にも「言の葉の六くさのうちにさまざまの心ぞ見ゆる敷島の道」（風雅集・一八三九）の用例がある。前句の「五」という数字に「六」を対し、琴の調べの種類から同じく遊びの、六義という詩歌の分類を持ち出した。古注四に「歌道」は「世間に繁盛し、琴は五の調べが初也と対して付る也」と言うように、前句は「はじめ」であったのに対して、「しげる」は時間を経過した結果としての詩歌盛行のさまが描かれる。

【古注】

一　歌道《かだう》にはむくさとて、風賦比興雅頌《ふうふひけうがしよう》の六義《りくぎ》をいへり。歌道《かだう》には六義《りくぎ》、琴《こと》には五調子《ごてうし》とたいしていへり。

二　六種とは歌の六義を云也。琴は五絃を本とし、歌は六義を始としたる也。歌の六義、古今集にあり。

三　（ナシ）

四　茂るとは、歌道六儀根本にて世間にはん昌し、琴は五の調べが初也と対して付る也。六儀とは、風賦比興雅頌の六、是なり。

二ウ十一　47　わが心つらきかたにはめぐるなよ　雑・人倫・釈教
むくさにしげることのはのみち

【現代語訳】狂言綺語である和歌の道にうつつをぬかしているうちに、私の心よ、つらく苦しい輪廻の道に迷わないでくれ。

【評釈】六義の「六」、言の葉の道の「道」から「六道」を連想し、「つらきかた」に「めぐる」と詠んだか。「つらきかた」は「恋の心→つらし」(合璧集)とあって恋の意にもとれるが、ここでは次句の恋句の呼び出しと考える。古注二に引く「我たのむ七の社のゆふだすきかけても六の道にかへすな」(新古今集・一九〇二)という慈円の歌については、その兼載による注釈に「我たのむとは、もとより天台の仏法応護し給ふ山王権現なれば、七の社に六道をあわせ給へり。かけてもとは、あひかまへていさゝかも六道輪廻せぬやうにまもり給へと、天台の奥儀をきはめ給ふといへども、世間の人にしめさんがため也。則心則仏の宗師御歌によはきなど、おもひをなす人有べし。歌道にはくるしからぬ事也」(新古今抜書抄)とある。「則心則仏の宗師御歌によはき」とは「高僧の慈円にしては、六道輪廻しないように神頼みするとは弱気である」の意で、敢えてそのように記すのは、仏道修行の障りとなる詩歌の慰みを諌められた慈円が「皆人にひとつのくせはあるぞとよこれをば許せ敷島の道」と詠んだという説話（正徹物語ほか）に基づくためか。とすれば、前句との繋がりは、狂言綺語である和歌にうつつをぬかしているけれども、輪廻の道に迷うなよ、の意となる。

【古注】

一　これは、まへ二句《にく》こは〴〵しく侍《はべ》れば、心《こゝろ》ばかりにてやり侍り。六義《りくぎ》などよき事《こと》をばさしをきて、つらきかたへめぐるなと也。

二　我たのむ七の社のいふだすきかけても六の道にかへすな（新古今集・一九〇二）六種を六道に取なせり。六道輪廻せじと云心なり。

三　大和歌、人の心種として、万のことば。輪廻するなと也。

四　つらきとは、邪路に入なと也。付ては、六道輪廻するなとなり。

わが心つらきかたにはめぐるなよ

二ウ十二　48　そでのしぐれをいかゞしのばん　　冬・降物・衣裳・恋

【現代語訳】私の恋心よ、もうこれ以上つれないあの人のところへは行かないでおくれ。涙の時雨で赤く染まった私の袖を、もう、どのようにして人目から隠せばよいのかわからないので。

【評釈】「めぐる」と「しぐれ」が寄合（「時雨↓山めぐり」合璧集）。六道輪廻の苦しみを忍ぶ恋の苦しみに転換した。

【古注】

一　めぐるに時雨《しぐれ》を付侍《つけはべ》り。涙《なみだ》の事《こと》也。そでのしぐれのかんにんしがたきを、つらきかたへめぐりゆくなといへり。

二　雲ぞうき色には見せぬ我袖もしぐると人にしらせぬる哉（出典未詳）めぐるに時雨は縁也。泪のしぐれは、廻りては袖をぬらすなり。つらき袖に、涙の時雨めぐるな、と云こゝろ也。

三　（ナシ）

四　一句恋涙也。前にめぐるなよと有ば、時雨は出る也。

そでのしぐれをいかゞしのばん

二ウ十三　49　物おもひもよほしがほに月いでゝ　　月・秋・光物・夜分・恋

【現代語訳】月が物思いを誘うかのように出てきて、涙はますます袖を濡らす。どうにも人目を忍ぶことができない。

【評釈】「もよほしがほ」は源氏語。「月は入りかたの空清う澄みわたれるに、風いと涼しくなりて、草むらの虫の声々もよほし顔なるも、いと立ち離れにくき草のもとなり。鈴虫の声の限りを尽くしても長き夜あかずふる涙かな」(源氏物語・桐壺)、「もよほしがほ　あはれをもよほす也　源氏」(藻塩草)。二折裏の折端直前なので、月を詠まねばならぬところ。物思い、涙を誘うものとしての月。「月みればの歌に、ちゞに物こそ悲しけれと云は、月の影は悲みの体也。故に月をみればあはれをまし、日をみれば勢をます。勢は喜の体也。故に日をみればいさましき也。此事は陰陽道にみえたり」(曼殊院蔵古今伝授資料『古注　上』)。

【古注】

一　月に猶《なを》そでのしぐれのとめがたきと也。

二　月みれば千々に物こそかなしけれ我身ひとつの秋にはあらねど(古今集・一三三)　日は生門、月は死体也。日。《は》陽、月は陰也。陰は愁也。朝は生門、夕は死門也。死門より死体の月の出れば、物思ひをもよほすと也。月の人に思ひをすゝめたるといふこゝろなり。

三　(ナシ)

四　是は物思ひをさいそくする月の出給ふを見て、袖の涙をばいかゞかんにんせんと付る也。

物おもひもよほしがほに月いでゝ

二ウ十四　50　はつかぜふきぬ柴の戸の秋　　秋・居所

【現代語訳】人に物思いを催すかのように月が出た。ただでさえわびしい柴の庵の住まいで、月を見て物思いに耽っていると、秋を知らせる初風までもが吹きはじめた。

【評釈】古注三の指摘する『新古今集』所収の西行歌、「おしなべて物を思はぬ人にさへ心をつくる秋の初風」に拠り、物思いを催すもう一つのものとしての秋風を付けた。「はつかぜ」には特に秋の初風の印象が強い。『源氏物語』篝火巻の「秋になりぬ。初風涼しく吹き出て、背子が衣もうらさびしきここちしたまふに、忍びかねつつ、いとしばしばわたりたまひて、おはしまし暮らし、御琴なども習はしきこえたまふ」の場面を踏まえ、『藻塩草』は「はつ風　秋のなど也」あるいは「うらさびしき也」と記す。

（中略）源氏に、秋にもなりぬ。初風すゞしう吹出てうらさびしき心ちし給といへり。たゞさびし

【古注】

一 柴《しば》の戸《と》の初秋《はつあき》の月《つき》のかんせい也。

二 月の面白きをみんとすれば、秋風の物思ひをもよほしがほに吹といふこゝろ也。

三 おしなべて物を思はぬ人にさへ心をつくる秋の山風（新古今集・二九九、第五句「秋のはつ風」）

四 一句はさびしき体。付てはちと面白き類也。

はつかぜふきぬ柴の戸の秋

三オ一 51 ひぐらしの声も露けき山かげに　秋・降物・山類・動物〈虫〉

【現代語訳】山陰にある侘びしい柴の庵に、秋を知らせる初風が吹いてきた。聞こえてくる蜩の声までも露っぽく、寂しさがかきたてられる。

【評釈】前句の「はつかぜ」に「ひぐらし」（「日ぐらし↓秋風」合璧集）と、初秋の景物を合わせた。「山かげ」の「ひぐらし」を一句の主眼にすえ（古注一引用歌、「日ぐらし↓山の陰」合璧集）、前句の庵がその山陰にあるとした。古注二、三の「夕附日」歌は、本歌とは言えないまでも、蜩の声を秋の寂寥感を催させるものとして捉えていて、この付合の情景をよく伝えている。

付合としては平明であるが、その分、一句の表現に趣向を凝らしている。声や音を「露けき」と表現するのは、兼載以前の歌例では「いつしかと稲葉に秋や立ちぬらむ穂末に風の音ぞ露けき」（拾玉集・三〇九九）、「村雨は過ぎていく田のもりもあへずあまり露けき蟬の諸声」（影供歌合建仁三年六月・八八）など、それほど数はない。兼載と同時代には「立ち待たん契りならじを女郎花花に露けき蜩の声」（柏玉集・六八六）や「夜をこめてなくなく出でし涙ゆゑゆふつけ鳥の声も露けし」（雪玉集・七〇四六）がある。これらの源流には「聞くままに片敷く袖の濡るるかな鹿の声には露や添ふらん」（千載集・三一八）や「さを鹿の夜深き声に置く露を独り外山の袖に知るらむ」（拾玉集・五六八〇）のように、「声に露添ふ」「声に露置く」という表現があって、ここから「声も露けき」と直接的に表現する用例が派生したと考えられる。前例のほとんどないこのような表現は、百韻が佳境に入って趣向を凝らすようになる三折の巻頭としてふさわしい。また「声も露けき」の「も」は「までも」の意。

48句の「そでのしぐれ」は降物であるので、二句しか離れていないこの句に降物である「露」を詠むことは式目に抵触すると考えられるが（降物は可隔三句物）、結論をいえば、式目上問題はない。連歌新式には「涙の時雨〔冬季之間降物に打越嫌之〕」という規定がある。これは、「涙の時雨」は降物でありながら、三句去ではなく、二句去であることをいう。「涙の時雨」は、涙を多くこぼすことを時雨に喩えた表現であるので、正規の「降物」とは別の条件を適用するようだ。48句の「そでのしぐれ」もこの「涙の時雨」に準じて扱ってよいと思われるので、二句去のこの句で降物を詠んでも式目違反にはならない。

【古注】

一 日ぐらしは、はつ秋《あき》の物《もの》なれば也。又《また》、本歌《ほんか》に、ひぐらしのなきつるなへに日《ひ》は暮《くれ》ぬと思《おもふ》ふは山のかげにぞありける（古今集・二〇四）

二 夕附日さすや庵の柴の戸にさびしくもあるかひぐらしの声（新古今集・二六九）柴の戸にひぐらし、此本歌有。

三 夕付日さすや庵の柴の戸に侘もあるか日晩の声

四 山陰に初風吹ぬと付る也。

ひぐらしの声も露けき山かげに

三オ二　52　こはぎみだるゝみちのかたはら　秋・植物〈草〉

【現代語訳】蜩の声も露っぽく聞こえる山陰には、その傍らに小萩が咲いている道が続いている。その小萩にも露が置いており、その露も乱れている。

【評釈】秋の景物の「露けき」ものとして、「こはぎ」を出した。萩も初秋の花であるので、初秋の句を三句続けたことになる。古注四の「其時分なり」は、前句と同じく初秋の時期だというのであろう。連歌用語の「時分」とは無関係と思われる。

一句で考えたときには、「こはぎみだる」は「咲き乱れる」の意。萩が「みだる」歌例は「置く露もしづ心なく秋風に乱れて咲ける真野の萩原」（新古今集・三三二）、「乱れ咲く野辺の萩原分け暮れて露にも袖を染めてけるかな」（山家集・二六九）のように、「咲き乱る」が普通である。ここでは「咲き」が省略されたと見た。ただし、前句に付くときは、前句の「も」を添加に取りなして、「こはぎ」「も露けき」となる。そしてさらに、「みだる」が、露の花などの上で玉を結ぶ様子を形容するときにも用いられるため、「みだる」の主語は萩ではなく露になる。露に「みだる」という親縁性の強い語を付けた効果である。

【古注】

一　本歌《ほんか》、人もがな見せもきかせも萩《はぎ》が花《はな》さく夕《ゆふ》かげの日《ひ》ぐらしの声《こゑ》（千載集・二四七、第三句「萩の花」）

二　萩が花咲たる野べにひぐらしの啼《ママ》　秋風ぞふく（万葉集・二二三五、第一句「萩の花」、第四句「鳴くなるともに」、第五句「秋風の吹く」）　日ぐらしに萩、此本歌有。

三　萩が花咲たる野べに日晩の

四　山路は、なり。其時分なり。

こはぎみだるゝみちのかたはら

三オ三　53　いまこんとたびゆく人もあはれにて　雑・人倫・旅

【現代語訳】すぐに帰ってくるよと言って旅立つあの人と別れるのがつらい。その別れの足下には、かなしさを添える萩の花が咲き乱れている。

【評釈】純粋な叙景句が三句続いたので、前句の「みちのかたはら」を生かして、萩から、同じ路傍における旅立つ人との別離に視点を移し、叙情を含んだ情景に転じた。

古注一がいうように、「いまこん」とはすぐに来ようという意味である。この句では旅に出る人の科白であるので、「すぐに帰ってくるよ」ぐらいが適当であろう。その旅人が「あはれ」に思えるというのだが、「あはれ」は連歌では三つの意味があると考えられていた。「愛する心」・「あつぱれといふ心」・「人をあはれむ心」である（宗祇『分葉集』など）。古注一、三、四が指摘する「すがるなく」歌は、「はぎ」と「たびゆく人」の二つの語句、場面状況が共通しているので、この付合の本歌と認めてよいが、この歌に関して、兼載は「秋の比遠く旅行人をかなしびて読り。（中略）萩原に鹿鳴てかなしき時節、人を別たる愁緒・感情、不浅歌也」（古今私秘聞）と注している。この場合の「かなしびて」はかわいそうに思う義であるので、兼載はこの歌を旅立つ人との惜別を詠んだものと解釈していたようだ。とすると、この句の「あはれ」も先の三つの意味のうちの「人をあはれむ心」とすべきであろう。また「人も」の「も」は添加。旅人だけではなく、52句の萩も「あはれ」であるとする。

【古注】

一　今こんとは、やがてこんと也。本歌《ほんか》、すがるなく秋《あき》のはぎはらあさたちてたびゆく人をいつとかまたん（古今集・三六六）

二　萩が花うつろふ野べをあはれとも誰にかたらん旅の夕暮（典拠未詳）道のかたはらに旅人を送たる跡みえて、小萩のみだれたる体也。

三　すがる鳴秋の萩原朝立て旅行人をいつとか待ん

四　すがる鳴野辺の萩原秋立て旅行人をいつとか待《た》ん　すがるは鹿なり。

いまこんとたびゆく人もあはれにて

三オ四　54　いのちはあだのものとしらずや

雑・述懐

【現代語訳】命ははかないものと知らないのだろうか。旅というのは命を落としかねない危険なものであるのに、すぐに帰ってくるよと言って旅行くあの人がかわいそうに思えるよ。

【評釈】前句53句の「あはれ」に「あだの」・「いのち」を付けた。

53句の【評釈】で述べたように、前句の「あはれ」は幾つかの意味をもつが、一般的に、連歌において複数の意味をもつ語を句作に利用することは、一句の場合と付合の場合の意味を変える事により、句に重層性を与えることを意図している。次の句はその部分が別の意味に変わるように付けることで、付合進行に変化をもたせるのである。例えば「おもひやる宮この月にまくらして／秋のあはれは旅やまさらむ／来る雁の涙の露もふかき野に」（表佐千句・第八・一七〜一九）は、複数の意味をもつ「あはれ」を、「風情」から「かなしみ」の意に取りなしている。この54句も同じように「あはれ」に付けるが、特に意味を変化させてはいない。完全な叙景句であった打越に対して、完全な叙情句であるこの句は、前句の意味を変化させる必要がないほど、十分に句境が展開しているからであろう。

古注四の「老少不定」とは、「少《わかき》も老《おひ》たるも、死すること、前後の定めなき物也」（謡抄・三輪）という意味。「すぐに帰る」などと軽々しい言葉を口にした旅人を、老少不定の命のはかなさに気付かないのか、と哀れむのである。昔の旅は今では想像も出来ないほど危険なものであったらしく、阿仏尼は鎌倉へ旅立つ際に、「定めなき命は知らぬ旅なれどまた逢坂と頼めてぞ行く」（十六夜日記・一二）と覚悟を決めなければならなかった。また、「今来んと言ひて別れし人なれば限りと聞けど猶ぞ待たるる」（大和物語・五五段、少し形を変えて続後拾遺集・一二五九）は同じ「いまこん」という言葉を口にして出立した人の最期にも諦めきれない待つ人の感情が詠まれている。54句は別離の当事者の気持ちとしては少々冷静すぎる句であるから、哀れむ人は旅人と直接別れる人ではなく、第三者（傍観者）とした方がよいだろう。

古注二の「地文《じもん》の連歌」とは、兼載が『連歌延徳抄』に「連歌は百韻の移行やうにによりて、面白くも悪しくも聞こゆる也。薄く濃く、地文をまじへて、大事の句をば安きかたへやり、安き句をば大事に付なすべきとぞ」と書いたように、地（趣向を凝らさない平淡な句）と文（趣向を凝らした重厚な句）を交互に配置することにより、百韻の進行を落差のある勢いのよいものにしようという試みである。重い感情をこめた「文」の句である53句を、54句が「地」の句として軽くいなしたのである。

【古注】

一　やがてこんといふ人も、あだのいのちをしれば、たのみがたきと也。

二 地文の連歌也。

三 （ナシ）

四 是は老少不定也。おどろけと付るなり。付ては、旅行のならひを命は誰もしられずとなり。

いのちはあだのものとしらずや

三オ五　55 いくゆふべいりあひのかねをかぞふらん　　雑・時分〈夕〉

【現代語訳】これから何度晩鐘を数えることができるだろうか。人間のはかなさを告げる晩鐘を鈍感にも数える私は、まだ命の不定さが理解出来ていないのだなあ。

【評釈】特に寄合らしいものはない。前句の内容を疑問（知らないのであろうか）ではなく、そのまま否定文（知らない）として付けた。前句を自分自身に対する戒めの言葉ととることで、53―54の付合における第三者の旅人への視点を、自分の内省的なものに移した。

一般的に「鐘の音が無情を思い知らせる」内容の詞章には、著名な『平家物語』冒頭「祇園精舎の鐘の声、諸行無常の響あり」や、世阿弥の周辺で制作された謡曲『三井寺』の「地……煩悩の夢を覚ますや（中略）地晨朝の響きはシテ生滅滅已地入相はシテ寂滅地為楽と響きて、菩提の道の鐘の声、月も数添ひて、百八煩悩の眠りの、驚く夢の世の迷ひも……」がある。後者では入相の鐘の音が「寂滅為楽」と響くものとされているが、これは雪山偈（諸行無常偈とも）と称される涅槃経の「諸行無常、是生滅法、生滅滅已、寂滅為楽」を六時（一日を六分した念仏読経の時刻。晨朝・日中・日没・初夜・中夜・後夜）のうちの四つに振り分けているだけであって、晩鐘が「寂滅為楽」を表すと確定的に考えられていたわけではない。諸注が挙げる和歌の中で、古注三の「けふ暮ぬ」歌は、詠者の寂然法師が『法門百首』八三に自選している。寂然は「昼は世の営みにまぎれて、はかなく暮らすほどに、やうやう心静まる夕暮れ、今日も暮れぬと告ぐる鐘の音は、身にしみてあはれなるものぞかし」と付注する。世事が一段落して落ち着く夕べには、鐘の音が一層真に迫って聞こえるのである。無常感を催させる晩鐘を聞くことは当然「かなしき」事であるが（古注二、三引用歌参照）、この考えを一歩進めて、「おどろかぬ我が夕べこそかなしけれまた今日も聞く入相の鐘」（玉葉集・二一四五）、「鐘の音は明けぬ暮れぬと聞けど猶おどろかぬ身の果てぞかなしき」（続千載集・一九一二）のように、その晩鐘にさえ無感覚になってしまった自分はさらに「かなしき」存在なのである。

【古注】

一　いのちはあだなるならひなれど《ば》、いく夕《ゆふべ》、いまや〳〵とかねをきゝつらんと也。又本歌《またほんうた》に、また

二 れつる入会《いりあひ》のかねのをとす也あすもやあらばきかんとすらん（新古今集・一八〇八）

三 山寺の入相の鐘の声ごとにけふも暮ぬと聞ぞかなしき（拾遺集・一三二九）鐘は人の命を化なる物ともしらざりけるの心也。

四 けふ暮ぬ命も鹿と驚かす入相の鐘の声ぞかなしき（新古今集・一九五五、第一句「今日過ぎぬ」）

夕べ、晩鐘をかぞふる計りにて、命は化なる物としらざると付る也。

三オ六　56　つりのおきなのかへるなには江　　雑・水辺・人倫・名所

いくゆふべいりあひのかねをかぞふらん

【現代語訳】難波江を、釣りを終えて帰る翁は、今まで何度この（天王寺の）晩鐘を数えただろうか。

【評釈】「かね」に「なには」と付け（「難波→寺、鐘、入江」宗祇袖下）、前句の鐘を難波江に聞くとした。この場合には「難波寺」（古注二）こと天王寺の鐘になる。

54―55では、55句は「これから何度数えられるか」と未来のことを推量する内容であったが、55―56では、古注二、四が指摘する通り、「翁になるまで鐘を何度数えただろうか」と、寧ろ過去のことにとりなされている。

天王寺の鐘は、「五濁の人間を導きて、済度の舟をも寄するなる」（謡曲・弱法師）と言われ、信仰を集めた。ただし55句ですでに述懐を離れているので、この句にはそのような述懐調の内容はない。

兼載の師匠であった心敬の『私用抄』は「時雨・鐘などは、ことに海路にて感情ふかく哉」と述べている。兼載もその美意識を踏襲しているといえよう。


【古注】

一　なにはには寺侍《てらはべ》れば、かねもよりあひにて侍《はべ》り。夕《ゆふ》ぐれごとにつり人のかへるてい也。
二　翁と成迄いく夕をかぞへ来ぬらんと也。難波寺あれば、入会も聞べき也。
三　（ナシ）
四　我あるは何か苦しき暮毎に命ちゞむる入相のかね（六華集・一七七九）前句の心也。いく夕入相を数へてなには江より翁帰る、といふ句なり。

つりのおきなのかへるなには江
三オ七　57　心あらば舟とめましを春の海　春・水辺

【現代語訳】この素晴らしい難波江の春の海の景色を前にして、風流心があるならば舟をとめて観賞するだろうに。釣りを終えて帰る翁が舟をとめないところを見ると、風流心がないのだろう。

【評釈】「なには江」に「心ある」・「春の海」を、諸注が指摘する「心あらん」歌によって付ける。この数句の陰鬱な雰囲気を一転して、春の難波江の素晴らしさを詠んだ。

古典文学においては、「なにはのうらは春をもてあそぶ所」（古注一）であった。古今集仮名序に引かれた「難波津に咲くやこの花冬ごもり今は春べと咲くやこの花」を嚆矢として、様々に詠まれる。その中でも、春の難波江を船上で鑑賞する趣向のものには、「漕ぎ寄せよ難波わたりに舟とめてこよひばかりの春をながめん」（隆信集・九二）、「夕霞浦漕ぐ舟にかけてこそ難波の春は見るべかりけれ」（玄玉集・七四）がある。

「舟とめましを」は「舟をとめるだろうに」。「心あらば」の条件節と呼応して、実際には風流心がないから停船せずに帰宅する翁を詠む。それを目撃した第三者が暗に非難する付合。

【古注】

一　つりのおきなの、心《こゝろ》もなく、春《はる》のけしきをも見すて、かへる心《こゝろ》なり。なにはのうらは春《はる》をもてあそぶ所《ところ》なり。本歌《ほんか》、心《こゝろ》あらん人にみせばやつのくにのなにはわたりの春《はる》のけしきを（後拾遺集

・四(三)

二　心あらん人にみせばや津の国のなにはわたりの春の明ぼの　釣人の、心あらば、沖に舟を留まし物と也。

三　心あらん人に見せばや津の国の難波わたりの春のけしきを

四　心あらば舟とめて春の海の景曲を詠べきに、急ぎ帰るとは翁、心なきなり。

心あらば舟とめましを春の海

三オ八　58　あしのわかばに鷺ねぶるかげ　　春・水辺・動物〈鳥〉・植物〈草〉

【現代語訳】蘆の若葉のそばに鷺が眠っている姿がある。鷺のことを思いやる心があれば、驚かすまいと、春の海上に船をとめて離れて眺めるだろうに。

【評釈】春の海を見た感想である前句に、その具体的な情景を付けた。

趣向としては、古注一の言う通り、前句57句の「心」を風流心ではなく、眠っている鷺を起こさないようにしようという「思いやる心」の意味にとりなしている。

古注三の「牡丹花下睡猫、在心舞蝶」はもとは『禅林僧宝伝』や『五灯会元』といった禅籍を出典とし、日本では室町期に成立した禅語集にも掲載される。例えば東福寺霊雲院蔵『方語』には、「牡丹花下睡猫児〔意在舞蝶　又因時直示也〕」の形で載る。その後、江戸期に成立したと考えられる寄合書『私玉抄』には、「一、牡丹にはねこ、蝶……／牡丹花下眠猫、在心舞蝶と有之」とある。このような禅語集や寄合書を、連歌師は学んでいたのである。その禅語が言わんとすることは、牡丹の下で安らかに眠っている猫も、実は周りを舞っている蝶を心の中で見張っている、ということであろう。それを敷衍するとこの句では、眠っている鷺も注意深く辺りを意識しているとなる。

鷺が「ねぶる」趣向は和歌・連歌ともに幾つかあるが、兼載の発想の根幹には次の句の摂取があったと思われる。「浪にも白し明ぼのの色／舟遠き松にむら〳〵鷺は寝て」（竹林抄・一二〇三）。兼載はこの句に「松にねたるもあり。浪のかたにもある也。舟とをきと云五もじ奇特也。舟とをき程に、人にも恐れずねたる也。松にもね、海辺にもある也」と注を付ける（竹聞）。舟が遠くにあるから、鷺も安心して眠ることが出来るのである。この付合に戻ると、眠っていても過敏な鷺に舟を近づけることを、船頭の思いやりのなさとして非難するのであろう。兼載自身が「奇特」と褒めた「舟遠き」を、今回は「舟とめましを」（実際には「舟近き」になっている）という逆の形になるように付けた。なおこの句の「かげ」は影や陰ではなく、姿という意味。

また、古注二は57句が「無文《むもん》」の句であり、この58句は蘆の若葉と鷺を「文《もん》」に入れたと指摘する。「有文《うもん》」と「無文」とは対比概念で、本来は一句における趣向の有無を示す言葉である。だが、今回は単に素材のない57句を、当該句が蘆と鷺という素材を描出して補ったことを述べたようだ。26句の【評釈】も参照。

【古注】

一 舟《ふね》をよせば鷺《さぎ》のおどろかんほどに、心《こゝろ》あらばふねとゞめましをと也。

二 前句は無文の句也。蘆のわかばと鷺とを文に入たる也。

三 牡丹花下睡猫、在心舞蝶などいへるにや。船とめましをとは、われのりて云なり。

四 若葉にさぎのねぶりて心なき程に、舟とめで、舟を近くよせて見たる体、一句の形面白きとなり。

あしのわかばに鷺ねぶるかげ

三オ九　59　すゐかすむ松の木のもと日はさして　春・光物・聳物・植物〈木〉

【現代語訳】梢が霞んで見える松の木のもとには、日が当たっている。そこには若葉の蘆が生えていて、その葉の隙間から日に照らされて眠る鷺の姿が見える。

【評釈】「かげ」に「日はさして」と付けた。また『連歌天水抄』は鷺の「住所」として「沢、川のはた、芦原、松」などをあげる。当該句もその趣向で詠まれている。

「すゑかすむ」の語順は勅撰集では「近づけば野路の篠原あらはれてまだ末霞む二村の山」（続古今集・八六五）があるのみ。類例には「暮れぬとてながめ捨つべき名残かは霞める末の春の山の端」（風雅集・一四三八）、「波の上に心の末の霞むかな網代に宿る宇治の曙」（秋篠月清集・一三二六）などの「末は（の、ぞ）霞む」・「霞む末」がある。「すゑかすむ」はそれらを縮めた連歌的表現。連歌では「きのふまでいそぎし年のこゆる日に／薪の山ぢすゑかすむなり」（美濃千句・第五・一六）、「たれも千とせといはふ初春／末かすむこの一阪やのぼらまし」（因幡千句・第一・三三）以下、数例ある。和歌において「すゑ」が「かすむ」と表現されるとき、例えば道、煙、原などの長いものや広いものの「すゑ」が「かすむ」とされる。だが当該付合にはそのようなものが詠み込まれていない。この句一句で考えたときには、「すゑ」は「こずゑ（木末、梢）」の意味になるだろう。

古注一は「春の日ののどかなる」、古注二は「松陰は日影も寒き心也」と正反対のことを述べているが、それは古注二の本文が「日のさえて」であることに起因する。兼載自筆の尊経閣文庫本は「日はさして」であるので、古注二の解釈はとらない。

【古注】
一 春《はる》の日《ひ》ののどかなるに、さぎのねぶりたる体《てい》也。
二 鷺の眠る在所は、松原より○末《は》に日のさす所也。松陰は日影も寒き心也。
三 （ナシ）
四 木の本日はさして、若葉に鷺眠たるなり。

すゐかすむ松の木のもと日はさして

三オ十　60　なかばとけたるみちのあさしも　　冬・時分〈朝〉・降物

【現代語訳】松の木のもとには、遠くが朝霞で霞んで見える道が続いている。その道の朝霜は、日差しに照らされて、半分溶けかかっている。

【評釈】「霞↓朝」、「日↓あさ」、「さす↓朝日」（合璧集）から時分〈朝〉を出した。さらに58—59の付合では「木」であった「すゐ」の対象を、「みち」とした。道の遠くが霞んで見えるというのである。霜が「なかば」とけると直截的に表現する先行用例は見当たらなかった。『後鳥羽院御口伝』などの歌論書に、歌題「池水半氷」を、「池水をいかに嵐の吹き分けて氷れるほどの氷らざるらん」と詠みこなした藤原良経の手柄が語り伝えられている。このように和歌においては、「半」の状態を「半」と明示せず間接的に表現することに、趣向の主眼がおかれる。一方連歌では、少ない語数を有効に活用するために、直截的な表現が好まれる。

また、59→60と続けると、和歌のリズムをもった付合である。それは古注一、四が指摘する通り、「日はさして」と「なかばとけたる」が密接に結びついていることから起こる印象であろう。

【古注】

一　日《ひ》のさしてなかばとけたると也。

二　松陰の道に霜の少解たる心也。

三　（ナシ）

四　付ては、朝霜に日はさして半ばとけたると也。

なかばとけたるみちのあさしも

三オ十一　61　つれなきをうらみもあへぬきぬ〴〵に　　雑・夜分・恋

【現代語訳】あなたのつれない態度を、愛情故に完全に恨むことが出来ない、この朝まだきの別れ。帰る道には半ば溶けた霜が置いていますが、霜とは裏腹にあなたの気持ちは溶けきっていない（冷たい）のですね。

【評釈】ここ三句ほど純粋な叙景の句が続いたので人情の句への転回を図った。

具体的には前句の「とけたる」を気持ちがとける、和らぐと取りなした。古注一～三の「君にけさ」歌はこの付合の本歌とまでは言い切れず、ただ恋と溶ける霜の結びつきの根拠になっただけであろう。霜や氷が溶けることと男女の思いが成就することを重ねる用例には、〈自分の気持ちがとける〉「霜結ぶ袖の片敷きうちとけて寝ぬ夜の月の影ぞ寒けき」（新古今集・六〇九）、〈相手の気持ちがとける〉「春立てば消ゆる氷の残りなく君が心は我にとけなむ」（古今集・五四二）、〈お互いの気持ちがとける〉「忘るなよ新手枕の袖の霜とけて寝る夜はまた隔つとも」（新葉集・八四五）などがある。ここで問題になるのが、付合の詠作主体を男女のどちらと考えるかである。恋歌において「つれなきをうらむのは、しばらく来てくれなかった男のつれなさを女が恨む場合が多い。だが今回は、「きぬぐ〳〵」と「みち」があることから、古注一のように、後朝の別れにつれなくされて意気消沈して道を帰る男性を主体にする方がよいだろう。男性の足下の霜は半ば溶けているのに、女性の態度はつれなくてとけていないというのだ。招き入れた男性を別れ際に冷淡にあしらうというのは恋の本意からはずれるように見えるが、『源氏物語』帚木巻の、源氏が空蟬のとった朝のつれない行動をなじった歌「つれなきを恨みも果てぬ東雲にとりあへぬまでおどろかすらむ」や、「心して月はおくれる衣〴〵に／人はつれなきほどを見せけり」（永原千句・第一・九〇）の先行用例がある。

「あへぬ」は「完全には～出来ない」という意味。これが前句の「なかば」によく付いている。「あへぬ」も「なかば」も、ともに中間の状態を示しているからである。

【古注】

一　人は打《うち》とけず、つれなききぬ〴〵なるに、あさ霜《しも》はなかばとけたると也。又本歌《またほんか》に、君《きみ》にけ《け》さあしたのしものおきていなばこひしきごとにきえやわたらん（古今集・仮名序）

二　君にけさ朝の霜のおきていなばかなしきごとに消やわたらん　つれなき人の半打解たると云心也。衣〴〵に霜をふみて帰るこゝろ也。

三　君にけさ朝の霜のをきていなば恋しき毎に消や渡らん

四　きぬ〴〵に半ばとけたると付るなり。

つれなきをうらみもあへぬきぬ〴〵に

三オ十二　62　はらへばなみだ又ぞこぼるゝ　雑・恋

【現代語訳】あなたの今まで来てくれなかったつれなさを恨みきることが出来ないこの朝まだきの別れ。払っても払っても又涙がこぼれます。

【評釈】前句の「つれなき」・「うらみ」に「涙」と付けた。一句だけで見ると確かに恋ではあるが、抽象度が高いため、次の句を恋以外の句にも発展しやすい句である。

古注二は「普段来ないことを泣いていて、来たら泣きやみ、別れるときは又泣く」と解釈するが、少々細か過ぎる。62句はあまり重くない遣句であるから、古注一のようにもっと簡単に解釈すべきである。男の普段の無沙汰を、別れるときにかきたてられた愛情のために、恨み切れない女性の仕草。60―61の付合の主体は男性であったが、この付合では女性にして、変化を出した。

【古注】

一　きぬ〴〵のなみだのつきせぬさま也。

二　逢時は泪を払ひ、衣々には又こぼるゝ心也。

三　（ナシ）

四　別れの恋なり。

はらへばなみだ又ぞこぼるゝ

三オ十三　63　**うかりつる世や山までもつれぬらん**　雑・山類・述懐

【現代語訳】捨てたはずのうき世が、隠棲した山までもついてきたからだろうか。世を捨てるときに涙を払ったはずなのに、山居した今又涙がこうしてこぼれるのは。

【評釈】涙は、『連珠合璧集』では恋の部に、『連歌付合の事』では述懐の部に見出し語として立てられている。このことからわかるように、涙は恋・述懐の両場面において、重要な要素となっている。ここでは、前句62句の「なみだ」を述懐におけるものと捉え直し、句境を転じた。

「連《つ》る」という動詞を「つれぬらん」と用いる用例は和歌にはなく、連歌にも数例しかない。そのうち兼載は『難波田千句』第一・二二、『聖廟千句』第三・六九、『園塵』第一・七二とこの句の少なくとも計四例を詠んでおり、この言葉を好んだことがわかる。それらの用例は、例えば「くる秋やにしふく風につれぬらん」（聖廟千句・第三・六九）に見られるように、通常「A（主語）がB（目的語）に『つれぬらん（つるる）』」の構文をとる。しかしこの句では「Bに」に当たる部分がなく、その部分を想像で補うしかない。古注四「憂事は身をはなれず」が示すように、Bは具体的には「我が身」であろう。山居でのつらさを詠む歌には、「世を捨てて山に入る人山にても猶うき時はいづちゆくらむ」（古今集・九五六）、「いとひても心を捨てぬ物ならばうき世隔つる山やなからん」（続千載集・一九八八）がある。前者はつらいうき世から逃れて隠棲した山で、まだつらいことがあるときはどこへ行けばよいのかといい、後者は隠棲した場所でうき世を思い出すのはうき世の心を捨て切っていないからだと詠む。当該句を解釈するうえで大変参考になる。句末の「らん」は、涙を流す（現在の）原因を推量する。

【古注】

一　うき世《よ》のなみだを打《うち》はらひて山居《さんきよ》し侍《はべ》るに、又涙《またなみだ》のこぼるゝは、うき世《よ》や山までつれぬらんと也《なり》。

二　しづかなる太山の陰もなかりけりもとの心をつれて来ぬれば（夢窓国師詠歌百首・八四、第二句「太山のおくも」・第五句「つれてすむには」、少し形を変えて道真家集・五八）　奥山に住とも、泪の又こぼるゝと云こゝろ也。

三　（ナシ）

四　らんとは泪の落る事也。一句は、山居にても憂事は身をはなれずとなり。

うかりつる世や山までもつれぬらん

三オ十四　64　たゞひとりなるすみぞめのそで

雑・人倫・衣裳・釈教

【現代語訳】たった一人で出家して山居しているけれども、捨てたはずのうき世が山まで私についてきて、心の中にあるのだろうか。

【評釈】前句63句は、打越62句との関係では隠棲しただけであったが、この付合では出家した（すみぞめのそで）と、63句から64句へと状況を推移させた。

古注三の「人輪」は連歌用語の「人倫」ではなく、「人の交わり」というほどの意。すると、古注三は「俗世間を離れたのは、俗世間にとどまる心があるからだ」と解釈出来る。63句の【評釈】で引用した『続千載集』一九八八と同様の考え方である。

さらに諸注をもう少し細かく見ると、古注一は「付句」『であるけれども』「前句」、古注二は「前句」『であるが故に』「付句」と解釈している。付合としては、前句の「つれぬらん」（ついてくる）と付句の「ただひとり」が対比されている。だから、古注一のように逆接の接続詞を補う方がよいだろう。こうすると、前句の「らん」の意味も、現在の原因推量から現在の事実推量になり、変化があると思われる。63句に欠けていたBに当たる語を「ひとり」と明示した補った付合。

【古注】

一　ともなふ人もなく山に引《ひき》こもりたれ共《ども》、うき世《よ》のおもかげはつる、と也。

二　さびしさをうき世にかへて忍ばずはひとり聞べき松の風かは（千載集・一一三八）うかりし世を山迄心につれたる故に、発心をとげたるると也。うき世にこりたる心也。

三　人輪はなるゝは留る心の有ゆへなり。

四　独りとは我計り也。うかりつる世は山迄つるゝかと也。

たゞひとりなるすみぞめのそで

三ウ一　65　うき草にかげだに見えぬ水くみて　雑・水辺・植物〈草〉

【現代語訳】水面は浮き草で覆われ、水を汲む私の姿すら映らない。墨染めの衣を身に纏った私のもとには、おとずれる人もない。ただひとりなのだ。

【評釈】前句の「すみぞめ」を「水くみて」に受け（「墨染→あか水をくむ」随葉集）、付合としては釈教の意である。「うき草」は、身のつらさをいう「憂き」との掛詞。ここでは、「水の面に生ふる五月の浮き草のうき事あれやねを絶えてこぬ」（古今集・九七六）により、人の音信が途絶えてしまったことをいう。古注二で引かれる伊勢物語の和歌が、水面に映る自分の姿をもってひとりではないとするのに対し、この句はその水影さえも見いだせないとして、孤独な身の上を強調する。

古注二、三の「採菓汲水、拾薪設食」は、釈迦が前世に阿私仙人に仕え、法華経を修得したことを叙した語で、仏道修行の難行のたとえである。「法華経を我がえし事は薪こり菜つみ水汲みつかへてぞえし」（拾遺集・一三四六）、「君が経る千年のかげに仕へつゝ／法の薪を得たる尊さ」（竹林抄・一四八一）など例は多い。

【古注】

一　わが影《かげ》だに見えねば、たゞひとりなると也《なり》。

二　我ばかり物思ふ人は又もあらじとおもへば水の下にも《ヒヒ》にもありけり（伊勢物語・二七段）　汲水に影のうつらねば、たゞ独なる身也。採菓汲水、拾薪設食（法華経・提婆達多品）のこゝろなり。

三　採菓汲水、拾薪設食の心なり。

四　これは、たゞ独りなるに寄独《（ママ）》、面白き也。

うき草にかげだに見えぬ水くみて

三ウ二　66　ちりぞつもれるふるさとの道　　雑・居所

【現代語訳】姿も映らないほど水面が浮草に覆われてしまったた水を汲むうちに、古里の道には塵が積もり、すっかりさびれてしまった。

【評釈】前句の「うき草」・「水」に、「ちり」・「ふるさと」で応じた対句仕立ての句。「ふるさと」は、かつては人が住んでいたが、今は見捨てられさびれてしまった里。「我が門の板井の清水里遠み人し汲まねばみくさ生ひにけり」(古今集・一〇七九)、「古里の板井の清水みくさゐて月さへすまずなりにけるかな」(千載集・一〇一二)により、「うき草」に覆い尽くされた「水」が、「ふるさと」に付く。さらに、この句では「ちり」がつもるという要素を加え、荒廃感を深めている。

【古注】

一　ふるさとの道《みち》にはちりつもり、水《みづ》には草《くさ》おひしげりたる心也。

二　水くむ道に、ちりのつもりたる心也。

三　(ナシ)

四　是はうき草をちりに取なすなり。

ちりぞつもれるふるさとの道

三ウ三　67　まじはりて神や人をもあはれまん　　雑・人倫・神祇

【現代語訳】俗世とはいえ、我が国は、本来神々の故郷である。その縁により、仏が神としてこの世に現れ、我々人間をもお救い下さるだろうよ。

【評釈】「ちり」に「まじはりて」が寄合（「塵→まじわる」合璧集）。仏教語「和光同塵（仏が姿を変えてこの世に現れ、衆生を救うこと）」をふまえる。諸注にあるように、この句は、仏ではなく「神」に寄せた本地垂迹の句である。同じ発想の例に、「道の辺の塵に光をやはらげて神も仏のなのるなりけり」（千載集・一二五九）がある。

【古注】

一　和光同塵《わくわうどうぢん》（摩訶止観・六下）と申て、神《かみ》はよの中《なか》のちりにまじはりて人をあはれむ心《こゝろ》也。

二　和光同塵の心也。古郷といへるを、日本の地○《は》神代の跡なれば、古郷と云こゝろに取なせり。

三　此国は神の故郷也とて、和光同塵の心なり。
四　是は和光同塵は結縁の初の心也。

まじはりて神や人をもあはれまん

三ウ四　68　かくるたのみにおもひよはるな　雑・恋

【現代語訳】神は人にも情けをかけて下さるのだろうか（いや、きっと叶えて下さるはず）。だから、神に託した願いを決してあきらめてはいけないよ。

【評釈】遣句だが、「たのみ」・「おもひ」により、一句としては恋の意となる。「おもひよはるな」は強い禁止表現で、前句の「神や人をもあはれまん」を受けている。「ふみにぞいまは心よすなる／つれなきにおもひよわるなまちてみよ」（大神宮法楽千句・第八・四七）、「山がつと身も成果て住物を／思ひよはるな爪木こる道」（永原千句・第八・四八）など、連歌に例が多い。

【古注】
諸注とも恋とするのに対し、古注三は恋とは無関係の歌を引用し、恋をとらない。

一　やり句《く》なり。一句《いつく》は恋也《こいなり》。神《かみ》にたのみをかくる心《こゝろ》也。
二　恋には神をかけてたのむ也。
三　みなし子にそふ物とては神計頼を懸よみす（の脱カ）隙より（道真家集）
四　恋を神に祈る心なり。

かくるたのみにおもひよはるな
三ウ五　69　玉のをのたえもはつべき中ならで　雑・恋

【現代語訳】あなたをあてにする心を強く持ち続けましょうよ。すっかり切れてしまうようなふたりの間柄ではないので。

【評釈】古注三所引の『新古今集』一〇三四番歌を本歌とする。前句の「たのみ」を、相手をあてにする恋の心にとりなす。「玉のをの」は、「たえもはつべき」を導く序詞。「中ならで」は、「そういう二人の仲ではないので」の意で、前句の事柄に対する原因・理由を示す。和歌では「いかにせむたがひにつらきなかならで人めばかりに絶え果てねとや」（拾玉集・三三四五）の例がある。連歌では、兼載の「身にうきふしを猶ぞしたへる／つれなくは我もといはん中ならで」（園塵第三・一〇〇四、兼載雑談）。

古注四は本文に「中ならで―中なりて」の異同があるが、尊経閣文庫蔵兼載自筆本と諸注本文にしたがった。

【古注】

一 此玉《このたま》のをとは、いのちの事《こと》なり。たゆるといふまくらことばのやうにして、たえはつべき中《なか》ならねば、いのちをも、おもひよはるなと也。

二 人に頼をかけて、中絶事は有まじきといふこゝろ也。

三 玉のをのたへなばたへねながらへば忍る事のよはりもぞする（新古今集・一〇三四、第一句「玉のをよ」）

四 中ならでかくる頼と付るなり。

玉のをのたえもはつべき中ならで

三ウ六　70 又むまれてもきみやかこたん　　雑・人倫・恋

【現代語訳】私の命はきっと絶えてしまうだろうが、あなたを想うこの心が消えてしまうはずはない。だから、生まれてかわっても、また、あなたを恨んでしまうだろうよ。

【評釈】前句の「玉のをのたえもはつべき」を「命が絶える」と心中の想いが「絶えてしまう」の両意に捉える。「又むまれても」は、「心ざし君に深くて年もへぬまた生まれてもまたや祈らん」（玉葉集・二五九一、拾玉集・二〇九〇、第三句「としたけぬ」）の用例がある。「きみやかこたん」は、「きみをやかこたん」の「を」を省略した表現。

【古注】

一　この世《よ》にていのちたえたり共《とも》、又恋路《またこいぢ》にはりんゑし侍《はべ》らんほどに、たえもはてず君《きみ》をやかこたんとかなしびたる也。

二　死する共、又生かへりて、君を恨べきの心也。

三　見在の果を見て、過去、未来をしるなり。

四　是も、中ならで又生れても君を恨べき、と付る也。

又むまれてもきみやかこたん

三ウ七　71　**身にそひてはかなき心すてよかし**　雑・人倫・述懐

【現代語訳】ふたたび生まれても、あなたは恨みごとをいうのかしら。そのようなむなしい気持ちは捨ててしまいなさいよ。

【評釈】前句の「きみやかこたん」の「きみ」を、「かこたん」の主体へと転じた。「すてよかし」は、「きみ」に対する命令表現。用例として兼載の「いく度かさて憂となるらん／いとはるゝたゞちに思捨よかし」（園塵第四・八六二）がある。「身にそひて」は、和歌に「さむるよりやがて涙の身に添ひてはかなき夢に濡るる袖かな」（続千載集・二〇六九）の例がある。連歌では「いとはれてだにこりぬ恋しさ／世の外に住も面影身に添て」（難波田千句・第一・三二）、「しらぬ東に我ぞまよへる／おもひあればふじの煙の身にそひて」（園塵第三・一〇五六）。

古注二の「地水火風空」・「五大」は、あらゆる物質的存在を構成する五つの要素をいう仏教語。用例に「シテ行ひなせる形はいかに　ワキ地水火風空　シテ五大五輪は人の体、なにしに隔て有べきぞ」（謡曲・卒塔婆小町）。

【古注】

一　はかなきしうしんをすてずは、いくたびりんゐし侍《はべ》らんと也《なり》。
二　地水火風空の五大分散する時、君に執心を捨よかしと云心也。
三　人の身にそひたる念力に、地ごく顚倒すべしと也。
四　捨よかしとは、一句は、現じたるこゝろなり。

身にそひてはかなき心すてよかし

三ウ八　72　やれたるみのは雨もたまらず　　雑・降物

【現代語訳】つまらない執着はやめたほうがよい。破れた蓑は、雨をしのぐこともできないのだから。

【評釈】前句・打越に恋・述懐が続いたのを、軽く受け流して展開をはかった。「雨」は一座一句物（連歌新式）だが、『宗祇袖下』・『連歌新式追加並新式今案等』では一座二句物とする。この百韻では99句とともに、二句に雨が詠まれている。

古注四は「やれたるみの」を落人の様と解するが、ここではとらない。

古注一の「三句めやり句也」は、打越・前句・付句という三句間の変化展開についての評言である。

打越によく付いた前句を受け、三句めの付句は、新しい境地に転じたと評価しているのである。『五十七ヶ条』（宗長作か）に「三句め離るるとは、打越を捨ててする事也。さてこそ人の連歌を笑に、よく付候、打越迄付候、と笑候は、三句めを知りたる句のことにて候。」とある。18句【評釈】を参照のこと。

【古注】

一　三句《さんく》めやり句也《くなり》。やれみのを身《み》にたのみたるはかなき心《こゝろ》なれば、すてよかしと也。

二　身にそひてとは、蓑の事也。破たるみのをすてよ、といふ心也。

三　人に教化の譬喩也。

四　一句は、是落人なり。下手のする句也。付る心は、やれたるみの捨よかしとなり。

やれたるみのは雨もたまらず

三ウ九　73　夕なみのかたはれをぶねしづかにて　　雑・時分〈夕〉・水辺

【現代語訳】雨も防げないような破れ蓑を被った人を載せ、割れ小舟が、夕波に音もなく浮かんでいる。

【評釈】「かたはれをぶね」は、腐り壊れて用をなさなくなった小舟。和歌の例に「浮き沈む世をうら風の契かな片割れを船かなたこなたに」(心敬集・一八〇)がある。ほぼ同義の歌語として「片割れ舟」がある。「最上川瀬々の岩角わきかへり〈中略〉いはではえこそ渚なる片割れ舟のうづもれて〈後略〉」(千載集・一一六〇)の例がある。

古注二、三は、共通の和歌を引用し、蓑だけを載せた舟の景と解釈するが、ここでは古注一にしたがった。なお、この典拠未詳歌と類似する和歌に、「主知らぬ入江の夕べ人なくて蓑と棹との舟に残れる」(草根集・九二六一、東野州聞書、第四句「みのと棹とぞ」)がある。

古注四本文に「夕なみの―夕なみに」の異同があるが、尊経閣文庫蔵兼載自筆本と諸注本文にしたがった。

【古注】

一　かたはれ舟《ぶね》に、やれみの引《ひき》かけて、つりなどたれたる人のさまにや。

二　何となく入江の夕来てみれば蓑と笠とぞ舟にのこれる(典拠未詳)　舟のやぶれたるに取なせり。みのは此舟に在、といふ心也。舟蓑といふ事有。

三　何となく入江の夕きて見ればみのと笠とぞ船に残れる

四　是は前に対して付るさま也。

夕なみのかたはれをぶねしづかにて

三ウ十　74　しほひの月にはつかりの声　　月・秋・光物・夜分・水辺・動物〈鳥〉

【現代語訳】夕浪に静かに漂う割れ小舟のように、干潟の空に、片割れ月が浮かび、初雁の声ばかりが聞こえてくる。

【評釈】「ふね」に「しほ」が寄合（「船↓しほ」連歌付合の事）。前句の「かたはれをぶね」を三日月（片割れ月）に見立て、海の潮がひいたために、ただ「はつかりの声」だけが響く静寂な秋を表現した。前句が実景ならば、舟が静かに漂う水辺と、月の海辺との、視覚と聴覚による対比とも解せよう。しかし、すでに、打越とのつながりで前句は現実の光景と考えられたので、ここでは、実景とはせずに、展開をはかったのであろう。古注においても、一はいずれとも決めがたいが、二・三・四は月の情景としている。

潮干に浮かぶ月は、「難波潟しほひにあさるあしたづも月かたぶけば声の恨むる」（新古今集・一五五五）など和歌に多数詠まれる。「しほひの月」はそれを短縮した連歌的表現。「蘆の屋こゆる波の寂しさ／田鶴の鳴塩干の月や深ぬらむ」（難波田千句・第十・九九）、「夜やふけぬらん人もおとせず／浦かすむ塩干の月のとまりぶね」（雲玉集・五一九）の例がある。時代が下ると、和歌にも「霜と見て猶夜や寒くなるみ潟しほひの月に千鳥鳴くなり」（新続古今集・六七六）の例を見いだす。

【古注】

一　しほひの海辺《かいへん》のてい也。

二　かたわれ月の心也。

三　片われ小船、月也。塩干に成て閑なり。

四　一句は景林《（ママ）》也。付てはかはれ《（ママ）》月の事也。是もさま也。

しほひの月にはつかりの声

三ウ十一　75　うすぎりやまだとを山をのこすらん　秋・聳物・山類

【現代語訳】干潟の空に月が浮かび、初雁の声が聞こえてくる。薄霧は、まだ、遠山を覆ってはいないのだろうか。

【評釈】これも秋季。古注一は海上の遠景ととり、古注二は霧がかった遠山の月を、潮干のそれに見立てる。ここでは、「明けわたる蘆屋の海の波間よりほのかにめぐる紀路の遠山」（続古今集・一七二七）、「紀の海や波よりかよふ浦風に遠山晴れていづる月影」（玉葉集・六六一）など、海上の山を詠む例が見いだせるため、古注一の解釈にしたがった。「うすぎり」は、『新古今集』から『玉葉集』・『風雅集』にかけて、和歌に多く詠まれた。「秋風にうす霧晴るる山の端をこえて近づく雁のひとつら」（風雅集・五四三）。連歌では「風を色との萩やちるらん／うす霧の夕の山を絵になして」（石山百韻・四九）。

古注三は本文に「とを山を―山の端を」の異同があるが、尊経閣文庫本とそのほかの諸注本文にしたがった。

【古注】

一　これもけいき也《なり》。遠山《とをやま》の霧《きり》に、ほのかにみえのこりたるなり也《なり》。

二　霧薄くくもりたる遠山の月は、汐干のやうなるといふ心也。汐曇に、たるこゝろ也。

三　（ナシ）

四　前句は塩の眺望、此句は彼たを遠見して云なり。遠山景林申（ママ）ニ及ず。山海をかけたる也。

秋・山類

うすぎりやまだとを山をのこすらん

三ウ十二　76　色づくたかねそれと見えけり

【現代語訳】薄霧は、まだ遠山を覆い尽くしてはいないようだ。紅葉で色づいた高嶺が、それと分かることだよ。

【評釈】「色づくたかね」は紅葉した高い峰の意で、前句の「うすぎり」に付く（「霧→紅葉」合璧集）。霧に隔てられ、稜線は定かではないけれども、峰の紅葉の色だけは透けて見えるとする。古注三が指摘する『新古今集』五二四番歌による句作り。同様の発想の例に「春霞たちまふ山と見えつるはこのもかのもの桜なりけり」（続後撰集・八七）がある。

【古注】

一　もみぢしたる山なれば、うすぎりにとをきやうなれど、それとみえたると也《なり》。

二　遠山は色付残して、紅葉したる嶺は、それと見えたるといふ心也。

三　薄霧の立そふ山の紅葉ばゝさやかならねどそれと見えけり（新古今集・五二四、第二句「立まふ山の」）

四　是は夫かと見へたるなり。

色づくたかねそれと見えけり

三ウ十三　77　松ならび槙たつこずゑひとつにて　雑・植物〈木〉

【現代語訳】松や檜の大木が生いしげる梢は緑一色であって、高い峰の紅葉が、まぎれもなくそれとわかることだ。

【評釈】紅葉と常緑の樹々との色鮮やかな眺望を詠む。「槙」はイヌマキ科の槙ではなく、杉や檜など立派な木の美称。用例に「さびしさはその色としもなかりけり槙立つ山の秋の夕暮れ」（新古今集・三六一）。「ひとつにて」は区別がつかないほど一体化している様子をいう。「わたの原波と空とはひとつにて入日をうくる山の端もなし」（風雅集・一七一二）などの例がある。

【古注】

一　松槙《まつまき》などはときはにみどりにみえ、もみぢしたる梢《こずゑ》は、又《また》それとをの〳〵みえたる也。

二　松と槙との青き中に、栬はそれと見えたる也。

三　（ナシ）

四　付る心は、何も常盤木は色一にて、木の卒度色づきがする見へたる也。

松ならび槙たつこずゑひとつにて

三ウ十四　78　風ふきかはすをとのはげしさ　　雑

【現代語訳】松が立ち並び、木々が生い立つ。それぞれの梢を一つにして、互いに吹きまじわっている風の音のはげしいことよ。

【評釈】前句の「松」・「たつ」が「風」と寄合（「立→秋風」合璧集、「松→風」連歌付合の事）。色彩の対照から音の句へと転じた。古注二が引く典拠未詳歌に類似する和歌に「ふたつとも嵐の風を松と竹など色々に声かはるらん」（松下集・一六三五）がある。

【古注】

一　やり句《く》也《なり》。松槙《まつまき》などにふきかはしたる也《なり》。

二　立並ぶ松と柏のいかなれば同じ嵐に《の》声かはるらん（典拠未詳）　松と槙にに《と》、風の吹かはす心也。
一句は、只風のしどろに吹たるこゝろ也。

三　（ナシ）
四　松槙梢ひとつにて風吹かわすと付る也。

風ふきかはすをとのはげしさ

名オ一　79　へだてにもならずあれゆく中がきに　　雑・居所

【現代語訳】はげしく吹きかわす風に、隣家とのへだての垣根は荒れ果てて隔てにもならぬありさまである。

【評釈】「中がき」は隣家とのへだての垣根。前句の山中の様を人里に転じて、はげしい風によって荒れゆく中垣を付けた。和歌に「秋をへて荒るるかきほの葛かづら風こそかよへ来る人はなし」（題林愚抄・一二六六六）などとある。

【古注】
一　となりをへだてたる中《なか》がきもあれ行侍《ゆきはべ》れば、風《かぜ》もふきとをしたると也。
二　家に風の吹入たる心也。垣とは、家中の壁のこゝろ也。

三　（ナシ）

四　中垣あれば風吹かわすなり。

へだてにもならずあれゆく中がきに

名オ二　80　となりをいまはたのむわび人　　雑・人倫・居所

【現代語訳】隣を隔てるはずの中垣もあれはてた庵に住む侘び人は、いまは隣人を頼るばかりである。

【評釈】前句の「中がき」を「隣」で受ける（「隣→中垣をへだつる」合璧集）。「わび人」は、世捨て人であるが、「雲林院の木の陰に佇みてよみける／侘人のわきてたちよる木のもとは頼む陰なく紅葉散りけり」（古今集・二九二）と詠まれるように、頼るべき方を求めるもの。前句の「中がき」が荒れ果てて、隣との境をなさなくなったことを、精神的な隔てがなくなったことに転じた。なお、古注二に「隣の四壁を中垣に取なせり」とあるのは、打越から三句にわたって「なか垣」の意味がかわらなことを気にかけた解かと思われるが、「中垣」に家の四方の壁の意はないので、ここではとらない。

【古注】

一　わび人のとなりの人をたよりとするまで也。
二　隣の四壁を中垣に取なせり。
三　（ナシ）
四　頼むといふ事、能聞へたり。

となりをいまはたのむわび人

名オ三　81　あさ衣さむきたもとに春まちて　　冬・衣裳

【現代語訳】粗末な麻の衣を着た侘び人は、年の暮れの寒さの中で、やがて訪れる春だけを頼みとしている。

【評釈】諸注が指摘するように、前句の「隣」を「春の隣」ととりなして、その春を頼みとしているわび人の境遇を付けた。「隣トアラバ春（合璧集）」とあるが、この寄合は、古注二が引用する『古今集』歌による。打越から「中がき」、「隣」、「春」と、同じ和歌による寄合が続くように見えるのは不審であるが、ここでは「隣」の意味を「隣家」から「春の隣」へと変化させることを重視した付と見ておく。「あさ衣」もわび人が着ているのにふさわしい粗末なもの。和歌に「麻衣うらやましくも打つとだに猶侘人のうへに聞くらし」（碧玉集・五六三）とある。また、「さむきたもと」は、「たをりつつかざせる梅の花散りてたもとに寒き如月の雪」（嘉元百首・七〇三）とも詠まれるが、冬の寒さとともに、わび人の心細さをも表現していると思われる。

【古注】

一　春トレ隣一《はるしむとなりを》といへること葉《ば》は、歳暮《せいぼ》にいへる詞《ことば》なり。とし暮《くれ》て春《はる》もとなりになれば、さむさをも心《こゝろ》になぐさむる也。

二　冬ながら春の隣の近ければ中垣よりぞ梅は咲ける（古今集・一〇二一、第五句「花はちりける」）冬より春はとなり也。

三　冬のとなりは春なり。

四　寒き故に春を待となり。侘人によく付たり。前の隣とは春のとなりなり。

あさ衣さむきたもとに春まちて

名オ四　82　おもへばおしきしら雪の色　　冬・降物

【現代語訳】粗末な麻衣を着て寒さに震えている身には、春の訪れが待ち遠しく思われるが、いっぽうでこの雪景色を惜しく感じることでもある。

【評釈】古注三に引用する「みどり子に」の句は、「みどり子に年を急ぐはあはれにて／うちむかひてはいつか語らむ」（文明十四年万句・第三千句・第九・九七）、「みどり子に年を急げば身の古て／ゆく末知らぬことぞはかなき」（萱草・一四八四）などと、連歌に類似の表現がある。幼子がはやく成長して欲しいと願うのは常のことであるが、いざその子が成長してみれば、かえって我が身の老いをかんともしがたい、というほどの意味であろう。この心をとらえて、諸注はいづれもこの心を、春を待ち望む気持ちと、雪を惜しむ気持ちになぞらえている。

【古注】

一　春《はる》をいそぎ侍《はべ》れば雪《ゆき》をもとくきえよとおもひ侍《はべ》れど、うちかへしておもへばおしきといへり。

二　春を待えたらば、雪は消べきの心也。

三　みどり子に年を急げば身の老て（典拠未詳）

四　おしきとは春は雪が消べきとなり。

おもへばおしきしら雪の色

名オ五　83 駒なべてかへるかりばの夕ま暮　冬・時分〈夕〉・動物〈獣〉

【現代語訳】狩場の一日も暮れ、駒を並べて帰途につく。狩をしている最中は夢中で気にも留めなかったが、美しい雪景色を楽しまなかったことが惜しまれる。

【評釈】「かりば」で冬の句となる。前句の「おしきしら雪」を冬の狩場のこととした。「明けば来て猶狩りゆかむ小塩山小松が原の雪の夕暮れ」（壬二集・六七、夫木抄・七三八四）と和歌に詠まれる。古注一、二は、狩のためにせっかくの雪が踏み散らされたのが惜しいというのである。これに対して、古注三、四は、狩に夢中になって、せっかくの雪を楽しむことがなかったというのであろう。いま後者にしたがっておく。古注三の「鹿をおふもの山をみず」とは、『准南子』に「獣を逐ふ者は目に太山を見ず」とあるもので、一つのことに夢中になって大局を見失うことを言う。

【古注】

一　あたら雪《ゆき》をもふみちらしてかへりたるてい也《なり》。駒《こま》なべてはならべてといふ心《こゝろ》也。

二　かりばにて駒にふませし雪を、帰る時おもひ出て惜むよし也。

三　鹿をおふもの山をみずのこゝろ也。

四　駒なべとはならびての事なり。此雪を見捨て帰るとは惜きと付心なり。

駒なべてかへるかりばの夕ま暮

名オ六　84　をくりきにけり野路の山かぜ　雑・山類

【現代語訳】夕暮れどき、一日の狩を終えて狩人が馬をならべて帰ろうとするのを、野路の山風が見送っているかのようである。

【評釈】狩場から帰る人を山風が送ると付けたが、特に寄合語を意識しない叙景の句で、このことを古注一では「なり」といい、古注三では「三句目のやり形」と言っている。

【古注】

一　かりばのかへさのなり也《なり》。

二　明ぬとて野べより山に入鹿の跡吹送る萩の上風（新古今集・三五一、第五句「萩の下風」）狩人の跡より山風の吹送るこゝろ也。

三　（ナシ）

四　夕間暮山風送り来る也。三句目のやり形、面白也。

をくりきにけり野路の山かぜ

名オ七　85　うかれたる月のかりねに鐘なりて　　月・秋・光物・夜分・旅

【現代語訳】旅の仮寝、月の美しいのにうかれて寝ることができない。やがて野路の山風が夜明けの鐘の音を枕もとまで運んでくる。

【評釈】前句の山風が送るのは、人ならぬ鐘の音であると付けた。その鐘の音が、月にうかれて眠れなかった仮寝の枕にとどくのである。風が鐘の音を運ぶというのは、「響きくる入相の鐘も音絶へぬ今日秋風はつき果てぬとて」（拾遺愚草・五〇）、「迷ひきてあまたと聞けば山風の送り送らぬ鐘の声かな」（草根集・八八四九）などと和歌に詠まれる。古注二の和歌については未詳であるが、「旅衣都の月の送らずは何か形見の別れならまし」（新続古今集・八八八）の歌と関連があるか。

【古注】

一　かりねののべのねられぬまゝ、夜《よ》ふくるまで月にうかれたるてい也。定家卿歌《ていかのきやうのうた》に、さよふけて月にうかる、道《みち》のべのかきねの竹《たけ》をはらふ秋《あき》かぜ（玉葉集・七〇八、拾遺愚草・一八五四、第一句「ふしわびて」）などの心《こゝろ》も侍《はべ》る歟《か》。

二　ふかき夜に山路の月のをくらずはつらかりぬべき旅の空哉（典拠未詳）仮寝の野に山風の月を送

来る心也。

三　（ナシ）

四　鐘の音を山風かりねの枕迄送りたるなり。

うかれたる月のかりねに鐘なりて

名オ八　86　夢はみじかきあきのよの空　　秋・夜分

【現代語訳】旅の仮寝の一夜、鐘の音で目がさめた。まだ月は空に残って夜は明けておらず、秋の夜の長さと、それにくらべて夢のいかに短くはかないことかと思われる。

【評釈】前句の鐘の音に目覚める人を付けて、秋の夜は長く、夢は短いとした。

【古注】

一　夜《よ》は長《なが》く夢《ゆめ》のたえたるをみじかきとたいしていへり。

二　鐘故に夢はみじかき也。夜はながく夢はみじかき也。一句のうちの対句也。

三　（ナシ）

四　一句は夢は短き夜はながきとする也。故鐘に夢さむればなり。

名オ九　87　いにしへを露もわすれずしのぶ身に　　秋・人倫・述懐
　　　　　　　夢はみじかきあきのよの空

【現代語訳】過ぎ去った栄華は、ただ一睡の夢のごとくであった。それにくらべて秋の夜のなんと長いことか。いまは世をしのぶ身となっているが、むかしのことがすこしも忘れられない。

【評釈】「いにしへ」で述懐の句。「しのぶ」には、「忍ぶ（人目を避けて隠れ忍んでいる）」と「偲ぶ（眼前にないものを思い出す、慕う）」の意が掛けられている。前句の「夢」を往時の栄華のことに転じた。なにかの理由で世を忍ぶ身となった者が、秋の夜長、出世栄達の盛んであった過去を思い出している。「露」に「すこしも」の意と草葉に置く露の意を重ねて、秋の季感を持たせる用法は一般的であるが、「露もわすれず」の表現は、和歌で「古郷は露も忘れず草枕結ぶかりねの夜半をかさねて」（続千載集・八〇八）と詠まれたり、連歌では「この夕べ昔おぼゆる秋なれや／命のあるに露もわすれず」（文和千句・第四・八二）などと詠まれている。ただし、このような用法の場合、「露」は降物とはしない。

【古注】

一　い《い》にしへをしのびあかしたるてい也。往事眇笵都似夢《わうじべうぼうとしてすべてにたるゆめに》（和漢朗詠集・白楽天）の心《こゝろ》也。

二　過にし古へを思へば、たゞ一睡の夢といふ心也。

三　面影は只目の前の夢ながら帰らぬ昔哀いくとせ（拾遺愚草員外・四七〇）

四　露ほど忘れず忍ぶ身に、扨も夢はさむる物かなと付るなり。

いにしへを露もわすれずしのぶ身に

名オ十　88　などおどろかぬ後の世のみち　　雑・述懐

【現代語訳】昔のことを忘れず、そればかりを言う人は、これから先の世が露のようにはかないものであることに、どうして思い至らないのだろうか。

【評釈】前句の「いにしへ」に「後の世」と応じた。「後の世」で述懐の句。「後の世述懐也。前の世、同前。これ新式の習也。釈教にまぎらはしき物也」（産衣）とある。ここでは、「これから先の世の中」の意。「おどろかぬ」とは、「はたと気がつかない、悟らない」ということ。前句の「しのぶ」の二つの意味のうち、「偲ぶ」のほうをより強く読み取って、過去のことばかりにすがろうとする人が、将来の心細さに思い至らない、と付けた。

【古注】

一　のちの世《よ》のかなしかるべき道《みち》をばおどろかずして、かへらぬいにしへをのみしのぶは、はかなき心《こゝろ》也。

二　いにしへを忍ぶ心をもて、など後の世をなげかぬぞと也。後世をなげく心也。

三　（ナシ）

四　過にし事を忍んよりはなど後の世をおどろかぬとなり。

などおどろかぬ後の世のみち

名オ十一　89　なすつみはいひのがるべきかたもなし　雑・釈教

【現代語訳】誰しもこの世での罪の数々について言い遁れようもないのだが、なぜそのことを悟り、後の世を願おうとしないのか。

【評釈】「罪」で釈教の句。『産衣』に「罪科　二字つゞけても一字づつ引はなしても皆釈教也。罪科とすれば述懐也と云説悪しと也」とする。前句の「後の世」を来世の意に転じて、「つみ」を案じた（「罪↓後の世」合璧集）。この世では言い遁れようのない罪を犯してものであるから、そのことを悟り、来世を頼むことに気がつくべきであるというのである。古注三ではこの付合の場面が、冥界で死者の罪を裁く十王の中心的存在である閻魔王の前でのことであるとした。

【古注】

一　身になすつみのかず〳〵をもしらず、後世《のちのよ》をもおどろかぬと也。

二　此世にてなしたる罪を、後世にいひのがるべきかたもなきといふこゝろ也。

三　閻魔王のまへにてはなり。

四　言遁るべき方もなきに、など驚かぬと付るなり。

なすつみはいひのがるべきかたもなし

名オ十二　90　とをじま国にすみもこそせめ　　雑・水辺

【現代語訳】申し開きしようもない罪を犯して、いまでは都を遠く離れた遠島の身の上である。

【評釈】「とをじま」は、宗牧の『孤竹』に「遠島にごるべし」とあるので、訓みはこれにしたがっておく。また和歌に、「明けしらむ波路の霧は吹き晴れて遠島見ゆる秋の浦風」（玉葉集・二〇一六）などと詠まれるが、「とをじま国」という言い詰めた表現は連歌的であるといえる。諸注が指摘するように、ここでは前句が、罪を得て遠島を余儀なくされた人の境涯に転じられている。

【古注】

一　つみある身《み》のいひのがるべきやうなければ、都《みやこ》をも斟酌《しんしやく》せんと也。つみある人をばながしつかはすを遠嶋《とをじま》さするといへり。

二　流罪の人の、都にていひのがるまじきのよし也。罪科を云のがるまじき程に、遠嶋国に住より外の事あらじと也。

三　（ナシ）

四　一句はまだ嶋に住ざる也。付ては嶋にて見たる様なり。

とをじま国にすみもこそせめ

名オ十三　91　あさなぎによものうら行舟をみて　　雑・時分〈朝〉・水辺

【現代語訳】朝なぎのころ、そこここの浦をゆく船の姿を穏やかに眺めながら、世間を離れて、どこか遠い島に住みたいものだと思う。

【評釈】前句「すみもこそせめ」を「住んでみたいものだ」と願望に転じて、流罪のためにやむなく遠島に住むのではなく、朝なぎのころ、浦々をのどやかに船が過ぎていくのを眺めながら、どこか遠くの島で気ままに暮らしたいと願う人を付けた。「よものうら」は、『源氏物語』明石巻に「道のほどにも四方の浦々見渡し給ひて」とあり、また「潮の間に四方の浦々もとむれど今は我が身のいふかひもなし」（和泉式部集・二七五）とある。

【古注】

一　これはけいきにめで、しま国《ぐに》にすまんと也。

二　船をみて遠嶋国にすまばやと願ふ心也。山家よりねがふこゝろなるべし。

三　（ナシ）

四　（ナシ）

あさなぎによものうら行舟をみて

名オ十四　92　とぼそをだにもとぢぬあしの屋　　雑・居所

【現代語訳】わびしい蘆の屋は、閉じる扉さえもないありさまで、その間から、あちこちにあさなぎの海をゆく舟が見隠れする。

【評釈】「あしの屋」は、蘆で葺いた粗末な家であるが、『合璧集』に、「水辺の、き所…あし屋」とあり、水辺を去る場合に便利な語である。古注一が指摘するように、貧しい蘆の屋には閉じるべき扉さえもないので、その間から四方の船の行き来が見渡せると理由を付けた。

【古注】

一　はかなきあしの屋はとづべき戸《と》ぼ《ぼ》そもなければ、ゐながらよものうらをもながめやると也。

二　蘆の屋の内より舟をみたる心也。

三　（ナシ）

四　（ナシ）

とぼそをだにもとぢぬあしの屋

名ウ一　93　かれにけりひとへの霜にやへむぐら　冬・降物・植物〈草〉

【現代語訳】かすかに降り敷いた霜のために、幾重にも生い茂っていた葎が枯れて、初冬のいま、扉も閉じない荒れ宿となった。

【評釈】「とぼそ」が「やへむぐら」に付き（「葎→門」合璧集）、前句「あしの屋」を荒れまさる葎の宿に取りなす。

「ひとへの霜」は、「ただひとへ庭の草葉に降り初めて霜にまさらぬ今朝の初雪」（俊光集・三八四）の歌例が示唆するように、「ひとへに降れる霜」もしくは「ひとへに置ける霜」をつづめた表現で、薄く降り敷いた霜。「やへむぐら」は、『連歌寄合』に、「葎に、門さすと付事。歌おほし」として、「今更にとふべき人もおもほえず八重葎して門させりてへ」（古今集・九七五）を証歌として挙げる。門や扉を閉ざすものとして、「八重葎さしてし門を今更に何にくやしくあけて待ちけん」（後撰集・一〇五五）、「八重しげる葎の門に夕霧の重ねてとづる秋の山里」（秋篠月清集・一二二五）など歌例多く、『源氏物語』蓬生巻における常陸宮邸の描写、「浅茅は庭の面も見えず、しげき葎は軒をあらそひて生ひのぼる。葎は西東の御門を閉ぢ籠めたるぞ頼もしけれど」の件も著名である。連歌にも、「ふるき門さす春のくれがた／蓬生に松風ふきて花もなし」（新撰菟玖波集・三六〇）などの寄合例がある。

「とぼそをだにもとぢぬ」は、従って、「やへむぐら」の本意の逆ということになるが、霜枯れという状況を設定して、前句に付けているのである。「枯れまさる葎の扉日にそへてなかなか霜や深くとづらむ」（頓阿勝負付歌合・五〇）歌のように、霜は、葎を枯らす一方で、降り積もれば扉を閉ざす因ともなり得るのだが、「ひとへ」の一語によって、霜が扉を閉ざすにはまだ至らない、初冬の景であることが説明されている。「ひとへ」は同時に、「やへ」と対をなす表現上の技巧でもある。前句の状況の理由を解き明かすような、機知的な寄合。

【古注】

一　これは、むぐらのかれて、戸《と》ぼそをもとぢぬと也《なり》。ひとへにやへとたいしていへり。

二　葎の枯ざりしほどは、葎の戸ぼそをとぢたるよし也。

三　むぐらの閉ぬとなり。

四　（ナシ）

かれにけりひとへの霜にやへむぐら

名ウ二　94　心にしげき事ものこすな　　雑

【現代語訳】八重葎でさえ薄く降り敷いた霜によって枯れてしまうのだ。人よ、煩わしい憂えごとは心中に残すことなく、一切枯らしてしまえよ。

【評釈】「やへむぐら」に「しげき」と付く。

「心にしげき事」とは、憂えや気遣いなど、繁雑な物思い全般をいう。和歌には、「道の辺の尾花がもとの名もつらし我が恋草のしげき心に」（永享百首・八一一）のような恋ゆえの物思いや、「世をいとふ心の奥を人とはばうき事しげき宿とこたへむ」（新千載集・二一〇五）のような世事一般の煩わしさを、「心」のうちの「しげき事」として詠む例があり、心中の葎を詠んだ歌例に、「八重葎心のうちに深ければ花見にゆかんいでたちもせず」（後撰集・一四〇）がある。

前句の、「霜」が「やへむぐら」を枯らすという景気を、付句は、人の心のありように転じるのである。やや作り込んだ感のある前句をあっさりと受けた遣句。なお、古注三本文は下七を「残らず」とする。前句の「霜」が心中の「むぐら」まで枯らしたことになるが、尊経閣文庫蔵兼載自筆本本文「のこすな」に徴してとらない。

【古注】
一　やり句也《くなり》。やへしげるむぐらさへ、霜《しも》にはかる〻物《もの》なり。そのごとくに、心《こゝろ》にもむやくの事《こと》をのこすなと也。
二　八重葎は霜のからせ共、心のうちの葎は枯さぬ也。胸中の葎をも残さずからせと云心也。心の葎とは、心中にむつかしく事の多きをいふ也。
三　（ナシ）
四　（ナシ）

心にしげき事ものこすな

名ウ三　95　あだなりと思ふに老をなぐさめて　雑・述懐

【現代語訳】この世の無常なることを思い悟って、煩わしい物思いは振り捨ててしまえよ、と、老いの心を慰めて。

【評釈】前句全体の心で付く。

「あだなり」は、もろく、はかないさま。「老」との取り合わせを詠んだ歌例に、「風吹けばあだに散りかふ花よりも老の涙ぞもろくなりゆく」（玉葉集・一九〇五）などがある。「あだ」なるものは、この世の無常なることとども（古注三）、短くなった余命のことともとり得るが（古注一）、本百韻三折表の54句に、「いのちはあだのものとしらずや」と後者の例がすでにあり、ここでは前者をとる方がよい。

「老をなぐさめ」る心を詠んだ歌例は豊富で、連歌にも、「老果つる身をも心になぐさめて／千年も夢と思ふ世の中」（竹林抄・一三二四）の寄合のように、この世の無常を悟ることで「なぐさめ」られるとする例は多い。なお、古注三本文は中七を「思ひ」と誤る。

【古注】

一　おいはて丶、いくほどもあるまじければ、何事《なにごと》も心《こゝろ》にのこすなと、なぐさめ侍《はべ》る也。

二　老の心にむつかしき事を残さず打はらひて、なぐさめといふ心也。

三　老少不定を歎じて、心にくせ〴〵しき事をのこすなと、教化して。

四　（ナシ）

あだなりと思ふに老をなぐさめて

名ウ四　96 夢のうちにぞまくらやすむる　　雑・夜分

【現代語訳】ほんのつかの間のこととは知りながら、夢のうちは老いの悲哀も忘れて、安らかに眠ることができるのだ。

【評釈】「あだなり」に「夢」と付く（「夢↓あだなる」合璧集）。

「あだ」「夢」「まくら」を取り合わせた歌例に、「命やはあだのおほ野の草枕はかなき夢も惜しからぬ身を」（新続古今集・一三三二）、「人の世はあだの夢野に露残る老の枕に月ぞ侘しき」（六花集注・一一五）がある。

古注三「生者必滅の世の習と思とりて」は、前句に対する同注「老少不定を歎じて」を受けた解釈と思われるが、前句「あだなり」は、無常の意から転じて、ここでは夢のはかなさの意に留めるがよい。「まくらやすむる」は、安心して眠る、安眠する。歌例、「浮き草に枕やすむる鴛鴦の今は氷に寝ん方やなき」（夫木抄・六九五六）、「心なく寺の前なる里人や枕やすめぬ鐘恨むらん」（草根集・八八一九）など。前句「なぐさめて」と関わっては、気を安んずることの意をも含む。

「夢」「まくら」は、恋の呼び出し。古注四本文は下七を「枕さだむる」とするが、尊経閣文庫蔵兼載自筆本本文「枕やすむる」に徴してとらない。

【古注】

一　夢《ゆめ》につらさをもわするゝ心《こゝろ》まで也。

二　老の心は、ねて少のぶるよし也。

三　生者必滅の世の習と思とりて、枕少休るなり。

四　一句は恋也。付ては、夢の内に老の枕をなぐさむるなり。

　　　夢のうちにぞまくらやすむる

名ウ五　97　おきつねつまつとせしまに夜はふけぬ　　雑・夜分・恋

【現代語訳】起きてみたり伏してみたり、恋人の訪れを落ち着かず待つうちに、夜はふけてしまった。ふとまどろんだかりそめの夢に、心を休めるのである。

【評釈】「まくら」に「夜はふけぬ」（「枕→ふかき」合璧集）、「夢」に「まつとせしまに」（「待心→夢にとふ」合璧集）と付く。

「おきつねつ」は、起きあがったり横臥したり、の意。同趣意を、和歌では、「起きもせず寝もせで夜をあかしては」（古今集・六一六）などと詠む。「まつとせしまに」は、待っているうちに、待つ気でいる間に。「我が宿は道もなきまで荒れにけりつれなき人を待つとせし間に」（古今集・七七〇）をはじめとして歌例多く、前句「夢」との関わりを詠んだ歌例に、「いかがせん待つとせし間に寝られねば夢を頼みの夜な夜なもうし」（藤葉集・五五五）などがある。

古注三本文下五の異同「夜は更て」は、尊経閣文庫蔵兼載自筆本本文「夜は深ぬ」に徴して採らない。

【古注】

一　人をまちてねられぬしんらうしつるも、夜《よ》ふけ《け》てつかれはてぬれば、すこしまどろみてつらさをわすれたる也。

二　待よはりて、聊ねぬる床に夢を見て、こゝろをやすめたる心也。

三　（ナシ）

四　苦思ひして人を待と也。付ては、夢の中に枕を休ると也。

おきつねつまつとせしまに夜はふけぬ

名ウ六　98　いまはいかゞとそでしほれけり　雑・衣裳・恋

【現代語訳】今か今かと待っているうちに、夜も深更に及び、今夜あの人が来ることはもはやあるまいと思われて、涙で袖をぬらすのである。

【評釈】前句全体の心で付く。

「いまはいかゞ」は、「いまはいかゞとはん」を省略した連歌的表現。「そでしほれけり」は、袖を涙でぬらす意で、「吹くからにむべ山風もしほるなり今はあらじの袖を恨みて」（壬二集・二七〇六）、「見るままに袖ぞしほるるうき人のつらさや月の影に添ふらん」（文保百首・八八八）の歌例のように、つれない恋を悲しむ表現。前句の人物の心情を述べた。

【古注】

一　さ夜《よ》ふけはてぬれば、いまはよもとはじと、やり句《く》にせられはべる歟《か》。

二　はや夜更てはよもとはじと、袖をしぼりたる心也。

三　（ナシ）

四　待ていたづらに袖しほるゝ、となり。

いまはいかゞとそでしほれけり

名ウ七　99　さかりなる花をしみればふる雨に　　花・春・降物・植物〈木〉

【現代語訳】いままさに盛りの花を見に来ているので、降る春雨にしおれるのではないかと気が揉まれ、雨中、すっかり袖を濡らしてしまった。

【評釈】「そでしほれけり」から「ふる雨に」と付く（「涙→時雨凡ふり物の類」「雨→ぬる、・涙」合璧集）。涙で袖をぬらす意の「そでしほれけり」を、花の様子が心配で、雨に袖をぬらしつつ花見に出かける意に取りなした。参考、「春雨に濡れつつ来ませ我が宿の花の盛りは今日は過ぎなん」（壬二集・二一四〇）。「つらきよそめはみるかひもなし／春ふかきとを山ざくらはなちりて」（新撰菟玖波集・三一二）など、恋のつらさを落花のつらさに転じる寄合は、よく用いられる手法である。

「花をしみれば」は、花を見ているので。「年ふれば齢は老いぬしかはあれど花をし見れば物思ひもなし」（古今集・五二）の歌例が著名。雨中花は、和歌に、「梢打つ雨にしほれて散る花の惜しき心を何にたとへん」（夫木抄・一五三八）など、「しほれ」たり散ったりするのを惜しむように詠まれ、「さかりなる花」の、「ふる雨」で「しほれ」ることが特に懸念された。参考、「荒かりし雨にも散らむ色はなし盛りの花は打ちしほれても」（雪玉集・四四一）、「今日の雨に遅るる花のためはあれど盛りの木木はしほれやすらん」（伏見院御集・二二二七）。

なお、古注二本文は上五を「さかりなき」とし、注文においても、満開に至る前に花が雨で散らされた景と解している。かつての慈雨がいまはどうした仕打ちか、と、雨を恨む意にとるのである。次の挙句ともども、本文異同と注文が連動する箇所として、注目される。ただし、「いまはいかゞ」は、ここでは花の様子を懸念する疑問の意にとった方が、前句の反語解を転じる点、望ましい。

【古注】

一　さかりなる花《はな》もこの雨《あめ》にはうつろひ侍《はべ》らんとなげく心也。袖《そで》のしほるゝといふより、雨《あめ》をおもひよせ侍《はべ》り。

二　かぞいろとやしなひたてしかひもなくいたくも雨の花をうつかな（草根集・一三〇九、第四句「あらくも雨の」、第五句「花をうつ声」）　花の養ひと成し雨も、ちる時はうらみ有物也。

三　かぞ色と養ひ立しかひもなくあらくも雨の花をうつかな

四　付る心は、ふる雨に袖しほるゝとなり。

さかりなる花をしみればふる雨に

名ウ八　100　なを色ふかしあをやぎのいと　　春・植物〈木〉

【現代語訳】春雨のなか、花はいまを盛りと咲き、春雨によって、青柳の細い枝先の緑はますますその色を深めてゆく。

【評釈】挙句。「花」に「柳」(「見渡せば柳桜をこきまぜて」古今集・五六)、「ふる雨」に「なを色ふかし」「糸」(「緑→春雨」「糸→春雨」合璧集)と付く。

「なを色ふかしあをやぎのいと」とは、前句「ふる雨」によって柳がその緑色を増すこと。「春雨の降り初めしより青柳の糸の緑ぞ色まさりける」(新古今集・六八)をはじめとして、歌例きわめて多い。花と柳の対照が寄合の眼目で、例えば、「よはき柳にたまるしらつゆ/ちるものとさくらを風やさそふらむ」(新撰菟玖波集・二七六)の寄合は、柳にはいたわるごとくに弱く、花には散ることを誘うように強く吹くと、風をなかだちとした、柳・桜の対照的情景を詠んだものである。また、「物さびし柳木ぶかき窓の前/のこるもみえぬ花ぞちりくる」(新撰菟玖波集・二九二)は、生い茂る柳と散り過ぎた花を対比した寄合例。ここでは、「ふる雨」が、「さかりなる花」の移ろいを予感させつつ、同時に「あをやぎのいと」の色の深まりを促している。雨をなかだちとした花と柳の対照であるとともに、正しく運行する春の模様を詠んで、挙句とする。

なお、古注二の引く「柳は緑花は紅」は、『句双紙』に載る禅語で、謡曲「芭蕉」「東岸居士」「山姥」「放下僧」の詞章にも用いられ、狭義にはうららかな春の景、広義には万物がその自ずからなる在りようを見せていることのめでたさをいう。また、古注一、三は、ともに本文下七を「青柳の露」とし、古注二においては「雨と露とは対句也」ともいう。雨対露に花対柳を重ねた、対句仕立ての挙句と解釈するのである。同注の前句解と併せみれば、前句「ふる雨」よって宿された「青柳の露」であり、前句の「花」に「さかり」のなかったことが、青柳の「色」の深さをいっそう喜ばしく見せる効果を担う、ということになろう。春雨のせいで、今年は盛りに至る前の花しか見ることができなかったので、雨が枝先にたまって露を宿しているのが、いっそう柳の緑を深めているように思われて、というのである。しかし、雨と露の対をことさらに持ち込まない方が、花と柳おのおのの時宜や本性が際立ち、挙句としてふさわしかろう。

【古注】

一　花《はな》は雨《あめ》にうつろへども、柳《やなぎ》はみどりのふかくなると也。

二　長楽鐘声花外尽、竜池柳色雨中深（和漢朗詠集・八一）　雨と露とは対句也。柳は緑花は紅と云対句也。

三　（ナシ）

四　降雨に猶色深しと付るなり。竜池柳色雨中深と云詩の心也。

式目表

【凡例】

一、本式目表は、『聖廟法楽千句』第一百韻各句の素材および用語を一覧したものである。

一、「本文」欄には、天理図書館綿屋文庫所蔵『兼載独吟千句註』（古注一）の本文を掲げた。

一、「花月」欄から「神釈」欄には、本百韻各句の素材分類を略記した。素材分類の認定に当たっては、肖柏編『連歌新式追加並新式今案等』を基準としつつ、兼載編『梅春抄』や、『連珠合璧集』『宗祇袖下』『連歌寄合』『随葉集』『産衣』などの連歌式目書を広く検索した。

一、「一座何句物」欄においては、『連歌新式追加並新式今案等』に規定される各用語の一座使用許可回数を漢数字で示し、本百韻における使用回数を算用数字小書で示した。すなわち、「空…四(3)」とあるのは、「空」の語が『今案等』で「一座四句物」に規定されており、本百韻では三回目の使用であることを示す。

折／番号	本文	花月	季	光時	聳降	山水	動植	人	居衣	旅名	恋述	神釈	一座何句物
初表 1	むめが丶にそれもあやなし朝霞		春	朝	聳		木						梅…五(1)朝字…四(1)
2	春風ゆるきをちこちの空		春										春風…二(1)空…四(1)
3	かりかへるはやまのおくに雪見えて		春		降	山	鳥						雁…二(1)雪…四(1)
4	なをいかならんたびのゆくすゑ		雑							旅			旅…二(1)
5	よな〳〵に夢さへかはるかりまくら		雑	夜						旅			
6	月はあり明の秋ぞふけぬる	月	秋	光夜									有明…四(1)
7	露さむき庭のよもぎにむしなきて		秋		降		虫草		居				庭…二(1)
8	野わきのあとは人もをとせず		秋					人					
初裏 9	山もとの夕ぐれふかきむら雲に		雑	夕	聳	山							夕暮…一(1)
10	日はまだのこるみねのさやけさ		雑	光夕		山							嶺…二(1)
11	かへるなと花にや色のまさるらん	花	春				木						花…四(1)
12	春のすゑ野ぞすみれさきそふ		春				草						
13	ながめふるなごりの露はのどかにて		春		降								ながめ…二(1)名残…二(1)
14	ゆくかげはやき夏のよの月	月	夏	光夜									夏月…三(1)
15	たかせ舟さほさすそでのすゞしきに		夏			水			衣				涼…二(1)
16	風こそおつれ山のした水		雑			山水							
17	松のはのつれなき色に秋くれて		秋				木						
18	いつ花すゝきなびくをもみん		秋				草				恋		薄…三(1)
19	いたづらにおもひ入野の露ふかみ		秋		降					名	恋		

20		やどりをとへば人ざともなし		雑					人	居	旅			宿…二(1)
21		よの中やきのふけふにもかはるらん		雑								述		世…五(1)今日…二(1)
22		いとなむとしのあけがたの春		春	夜									
23	二表	を田かへすしづはかすみにおきいで、		春	夜	聳			人					
24		ながき日をさへ猶おしむ空		春										空…四(2)遅日…一(1)
25		おく山にくらしわびたる冬ごもり		冬			山							
26		まどうつあられ軒の木がらし		冬		降				居				木枯…一(1)
27		玉ざゝもかしげてたてるいはがねに		雑				草						玉字…四(1)
28		松はのべふすはしの一すぢ		雑			水	木						橋…五(1)
29		さびしさの門よりみゆるてらふりて		雑									釈	
30		かくともいはず人やかへらん		雑					人			恋		
31		あふよはに鳥のそらねをなくもうし		雑	夜			鳥				恋		空…四(3)鳥…四(1)
32		まだ山のはゝとをき月かげ	月	秋	光夜		山							
33		むさしのやいつ秋かぜのはてならん		秋							名			秋風…二(1)
34		千くさの露ぞきえもさだめぬ		秋		降		草						
35		むかしよりひとりのこるもなき物を		雑					人			述		独…三(1)
36		かゞみに雪をなになげくらん		雑								述		
37	二裏	池水のさゆるになるゝ鳥の声		冬			水	鳥						池…二(1)鳥…四(2)
38		夢うちさめておもひやるとこ		雑	夜					居		恋		床…一(1)
39		恋路にもながきやみをばいかゞせん		雑								恋		

40	しるべはかなき人のおもかげ		雑					人			恋		
41	松かぜをふるきみやこにともなひて		雑				木						松風…二(1)都…三(1)
42	花もくちたる道しばの露	花	春		降		木草						花…四(2)
43	夕ひばりかすみにおちて行春に		春	夕	聳		鳥						夕字…四(1)
44	たがかけそへしいとあそぶらん		春					人					
45	ひくことは五のしらべはじめにて		雑										
46	むくさにしげることのはのみち		雑										
47	わが心つらきかたにはめぐるなよ		雑					人				釈	
48	そでのしぐれをいかゞしのばん		冬		降				衣		恋		時雨…二(1)
49	物おもひもよほしがほに月いでゝ	月	秋	光夜							恋		
50	はつかぜふきぬ柴の戸の秋		秋						居				
三表 51	ひぐらしの声も露けき山かげに		秋		降	山	虫						日晩…一(1)
52	こはぎみだるゝみちのかたはら		秋				草						
53	いまこんとたびゆく人もあはれにて		雑					人		旅			旅…二(2)
54	いのちはあだのものとしらずや		雑								述		命・玉緒…二(1)
55	いくゆふべいりあひのかねをかぞふらん		雑	夕									夕…二(1)鐘…四(1)
56	つりのおきなのかへるなには江		雑			水		人		名			
57	心あらば舟とめましを春の海		春			水							
58	あしのわかばに鷺ねぶるかげ		春			水	鳥草						
59	すゑかすむ松の木のもと日はさして		春	光	聳		木						

	60	なかばとけたるみちのあさしも		冬	朝	降							朝字…四(2)
	61	つれなきをうらみもあへぬきぬ〴〵に		雑	夜						恋		うらみ…二(1)
	62	はらへばなみだ又ぞこぼるゝ		雑							恋		
	63	うかりつる世や山までもつれぬらん		雑			山				述		世…五(2)
	64	たゞひとりなるすみぞめのそで		雑					人	衣		釈	独…三(1)
三裏	65	うき草にかげだに見えぬ水くみて		雑			水	草					
	66	ちりぞつもれるふるさとの道		雑						居			塵…二(1)故郷…二(1)
	67	まじはりて神や人をもあはれまん		雑					人			神	神…三(1)
	68	かくるたのみにおもひよはるな		雑							恋		
	69	玉のをのたえもはつべき中ならで		雑							恋		命・玉緒…二(2)
	70	又むまれてもきみやかこたん		雑					人		恋		
	71	身にそひてはかなき心すてよかし		雑					人		述		
	72	やれたるみのは雨もたまらず		雑		降							雨…二(1)
	73	夕なみのかたはれをぶねしづかにて		雑	夕		水						夕字…四(2)
	74	しほひの月にはつかりの声	月	秋	光 夜		水	鳥					雁…二(2)
	75	うすぎりやまだとを山をのこすらん		秋		聳	山						
	76	色づくたかねそれと見えけり		秋			山						嶺…二(2)
	77	松ならび槙たつこずゑひとつにて		雑				木					
	78	風ふきかはすをとのはげしさ		雑									
名表	79	へだてにもならずあれゆく中がきに		雑						居			垣…二(1)

80	となりをいまはたのむわび人		雑					人	居				
81	あさ衣さむきたもとに春まちて		冬						衣				
82	おもへばおしきしら雪の色		冬		降								雪…四(2)
83	駒なべてかへるかりばの夕ま暮		冬	夕			獣						駒…一(1)夕字…四(3)
84	をくりきにけり野路の山かぜ		雑			山							
85	うかれたる月のかりねに鐘なりて	月	秋	光 夜						旅			寝字…四(1)鐘…四(2)
86	夢はみじかきあきのよの空		秋	夜									空…四(4)
87	いにしへを露もわすれずしのぶ身に		秋					人			述		古…一(1)
88	などおどろかぬ後の世のみち		雑								述		世…(3)
89	なすつみはいひのがるべきかたもなし		雑									釈	
90	とをじま国にすみもこそせめ		雑			水							
91	あさなぎによものうら行舟をみて		雑	朝		水							朝字…四(3)
92	とぼそをだにもとぢぬあしの屋		雑						居				
名裏 93	かれにけりひとへの霜にやへむぐら		冬		降		草						
94	心にしげき事ものこすな		雑										
95	あだなりと思ふに老をなぐさめて		雑								述		老…二(1)
96	夢のうちにぞまくらやすむる		雑	夜									
97	おきつねつまつとせしまに夜はふけぬ		雑	夜							恋		
98	いまはいかゞとそでしほれけり		雑						衣		恋		
99	さかりなる花をしみればふる雨に	花	春		降		木						花…四(3)雨…二(2)
100	なを色ふかしあをやぎのいと		春				木						柳…三(1)

『聖廟法楽千句』本文

【凡例】

一、天理図書館綿屋文庫蔵『兼載独吟千句註』（古注一）を底本として、『聖廟法楽千句』の本文を掲出する。
一、百韻ごとに句頭に通し番号を付した。
一、底本に付された振り仮名は全て省略し、ミセケチ訂正や補入箇所は残した。
一、漢字は通行の字体に改め、私に濁点を施した。

何路　第一

1むめがゝにそれもあやなし朝霞
2春風ゆるきをちこちの空
3かりかへるはやまのおくに雪見えて
4なをいかならんたびのゆくすゑ
5よな〳〵に夢さへかはるかりまくら
6月はあり明の秋ぞふけぬる
7露さむき庭のよもぎにむしなきて
8野わきのあとは人もをとせず

9 山もとの夕ぐれふかきむら雲に
10 日はまだのこるみねのさやけさ
11 かへるなと花にや色のまさるらん
12 春のすゑ野ぞすみれさきそふ
13 ながめふるなごりの露はのどかにて
14 ゆくかげはやき夏のよの月
15 たかせ舟さほさすそでのすゞしきに
16 風こそおつれ山のした水
17 松のはのつれなき色に秋くれて
18 いつ花すゝきなびくをもみん
19 いたづらにおもひ入野の露ふかみ
20 やどりをとへば人ざともなし
21 よの中やきのふけふにもかはるらん
22 いとなむとしのあけがたの春
23 を田かへすしづはかすみにおきいでゝ
24 ながき日をさへ猶おしむ空
25 おく山にくらしわびたる冬ごもり
26 まどうつあられ軒の木がらし
27 玉ざゝもかしげてたてるいはがねに
28 松はのべふすはしの一すぢ
29 さびしさの門よりみゆるてらふりて
30 かくともいはず人やかへらん
31 あふよはに鳥のそらねをなくもうし
32 まだ山のはゝとをき月かげ
33 むさしのやいつ秋かぜのはてならん
34 千くさの露ぞきえもさだめぬ
35 むかしよりひとりのこるもなき物を
36 かゞみに雪をなになげくらん
37 池水のさゆるになるゝ鳥の声
38 夢うちさめておもひやるとこ

39恋路にもながきやみをばいかゞせん
40しるべはかなき人のおもかげ
41松かぜをふるきみやこにともなひて
42花もくちたる道しばの露
43夕ひばりかすみにおちて行春に
44たがかけそへしいとあそぶらん
45ひくことは五のしらべはじめにて
46むくさにしげることのはのみち
47わが心つらきかたにはめぐるなよ
48そでのしぐれをいかゞしのばん
49物おもひもよほしがほに月いでゝ
50はつかぜふきぬ柴の戸の秋
51ひぐらしの声も露けき山かげに
52こはぎみだるゝみちのかたはら
53いまこんとたびゆく人もあはれにて
54いのちはあだのものとしらずや
55いくゆふべいりあひのかねをかぞふらん
56つりのおきなのかへるなには江
57心あらば舟とめましを春の海
58あしのわかばに鷺ねぶるかげ
59すゑかすむ松の木のもと日はさして
60なかばとけたるみちのあさしも
61つれなきをうらみもあへぬきぬ〳〵に
62はらへばなみだ又ぞこぼるゝ
63うかりつる世や山までもつれぬらん
64たゞひとりなるすみぞめのそで
65うき草にかげだに見えぬ水くみて
66ちりぞつもれるふるさとの道
67まじはりて神や人をもあはれまん
68かくるたのみにおもひよはるな

69玉のをのたえもはつべき中ならで
70又むまれてもきみやかこたん
71身にそひてはかなき心すてよかし
72やれたるみのは雨もたまらず
73夕なみのかたはれをぶねしづかにて
74しほひの月にはつかりの声
75うすぎりやまだとを山をのこすらん
76色づくたかねそれと見えけり
77松ならび槙たつこずゑひとつにて
78風ふきかはすをとのはげしさ
79へだてにもならずあれゆく中がきに
80となりをいまはたのむわび人
81あさ衣さむきたもとに春まちて
82おもへばおしきしら雪の色
83駒なべてかへるかりばの夕ま暮

84をくりきにけり野路の山かぜ
85うかれたる月のかりねに鐘なりて
86夢はみじかきあきのよの空
87いにしへを露もわすれずしのぶ身に
88などおどろかぬ後の世のみち
89なすつみはいひのがるべきかたもなし
90とをじま国にすみもこそせめ
91あさなぎによものうら行舟をみて
92とぼそをだにもとぢぬあしの屋
93かれにけりひとへの霜にやへむぐら
94心にしげき事ものこすな
95あだなりと思ふに老をなぐさめて
96夢のうちにぞまくらやすむる
97おきつねつまつとせしまに夜はふけぬ
98いまはいかゞとそでしほれけり

99 さかりなる花をしみればふる雨に
100 なを色ふかしあをやぎのいと

何木　第二

1 きえぬるかいましら雲をみねの雪
2 花まつ山にむかふおもかげ
3 春の日のほのめく木ずゑ鳥なきて
4 しづかに成ぬよ半のあさ風
5 いづくまでしほひのなみのかへるらん
6 ふなぢにいとゞおもふふるさと
7 なぐさめと月やさやけきたびの空
8 草のまくらのあかつきの露
9 むすばねばきぬたにさむるゆめもなし
10 なに秋かぜのおどろかすらん
11 あはれにもをじかつまどふを山田に
12 かりいほつくりひとりある人
13 おもひとりて世をはなるゝもうらやまし
14 ぬるき心にをくるあらまし
15 猶きよき水もやあるとくみすてゝ
16 雨のなごりの月のすゞしさ
17 草も木もしげりてふかき山みちに
18 をのゝをとこそとをくきこゆれ
19 このあしたすみうるしづがまへわたり
20 あらしのさむきほどぞしらるゝ
21 いくへともなみこそこほれすわの海
22 とくる心や神や《に》まかせん
23 ことのはを人につくすもうきものを
24 かゝらぬ中のちぎりもぞある
25 おもひにはさきの世までをうらみにて
26 身をかずならずたれさだめけん

27のぼるみちなくてはてめやくらゐ山
28ひたすら雪に跡たゆるやど
29一枝も先見まほしきむめの花
30のちもと春をなにたのむらん
31ながき日ぞたよりなるべきまなべ人
32ともし火うすく夜は明にけり
33おもかげもまだたまくらの夢さめて
34ものあはれなるうたゝねの床
35なき跡もなをたらちねやおもふらん
36わがくろかみのかはるとし〲
37むかしをもとをくなさぬは心にて
38しみさすふみをはらひてぞみる
39かぢのはをとるも露けきころもでに
40はやしのばれぬはつ秋の空
41松かぜのすゝむる暮に月いでゝ
42さびしきのべの末の山のは
43草の戸にはかなやなにをながむらん
44うき身を友のとはんものかは
45ゆかりをもよしやたのまじこけのした
46やがてかはらん心とぞしる
47一夜とはおもひあまれるちぎりにて
48あくるをまたぬ人のかへるさ
49月しろくうかれがらすのなく声に
50霜のはやしをわたる秋かぜ
51ふるでらのはしの下水きりたちて
52みちはほのかにつたふいはがね
53のる駒やはるけき山によはるらん
54ひろき野はらはさとだにもなし
55夕ま暮かげに草かるをとはして
56舟ひきつなぐ松の一もと

57とをき江の水かきくもりふる雨に
58むらのけぶりのうちしめる色
59人はみなぬるよの月のさやかにて
60ひとりぞむかふ秋かぜの空
61友またでかりやみやこにいそぐらん
62わすれもやらぬこゝろなりけり
63たえはてばうさもあらじとおもふ身に
64なみだももろしさくらちるかげ
65おいをたゞいとひて春やかへるらむ
66たれもこてうのゆめのよの中
67あそぶ野にしるもしらぬもかたらひて
68をしへしやどをたづねこそせめ
69あだ人とおもふものからうちたのみ
70久しきよはひいのるみづかき
71むつまじと君やしもをもめぐむらん
72くにのはてまで世ぞしづかなる
73しほがまやなみもけぶれる朝ぼらけ
74あまやは月ををじま松しま
75秋のよのとま屋の声はたれならん
76おなじつらさの露のかりふし
77うぐひすのやどれる花の春雨に
78山はかすみの夕にぞなる
79なか空にやすらふ日かげのどかにて
80みどりの海に舟もうごかず
81ねぶりにやつりをおきなのわするらん
82みればあさ戸もあけぬあしの屋
83はつ雪のあはれも花のみやこにて
84その、くれ竹とを山の松
85をときくもきかぬもさびし夕あらし
86かねや心を人につくらん

87まどろめばたゞ玉しゐのなきに似て
88まくらかるの、よもぎふのもと
89花見つ、かへりもやらぬふる郷に
90春は山こそすみかなりけれ
91よぶこ鳥又いづかたにさそふらん
92やよひのはやく暮行もうし
93長月はものおもふ人のためなれや
94そでうちしぐれすゝきちる比
95から衣すその、木ずゑ色づきて
96いり日の空にか、るうす雲
97夕べにやたびのうさをもかさぬらん
98舟あつまれるさとの中川
99しらなみの風たつおきにあらはれて
100山はしづかに見ゆるあけぐれ

山何　第三

1ぬる鳥のしだりおそふる柳哉
2夕日にかすむをかのべのさと
3を田かへすをちかた人に雨晴て
4みちたえ〴〵に水おつるをと
5こけや猶いはほにあつく成ぬらん
6袖ひとへなる夏はきにけり
7とぶほたるなに、まぎれんよはの空
8露さへくらく月をまつ比
9秋の、にむすびさだめぬくさまくら
10さとのきぬたにやどやからまし
11はださむく山かぜをくり日は暮て
12きみこずは又いかにあられん
13あだなれどちぎりにか、るわがいのち

14おいまでのりになるゝうれしさ
15とをき世におもひのいへをいでそめて
16やすくなきをもやすくなす人
17一さほにこすはや川のわたしぶね
18水すさまじきさみだれの跡
19夕ま暮かど田のさなへとりすてゝ
20あしのまろやにかやりたくみゆ
21月かげを心あらぬやゝつすらん
22人によるべき秋のかなしさ
23いまはゝや露もいとはじ山のおく
24しぐれにぬるゝたびのころもで
25めにかけていそぐ木がくれさともなし
26たのみきにける事ぞくやしき
27中だちもうき名を世にやもらすらん
28なをよそ人に心ゆるすな

29ませのうちにうへしなでしこ花開て
30竹のはすゞしなびく夕露
31色見えぬ秋や風よりたちぬらん
32夜ぶかきのべにしぎのなく声
33ふるさはの水も月よりあらはれて
34しづくばかりのたまるすてぶね
35まさごぢにうす雪はるゝ一松
36冬草しほれ庭ぞさびしき
37春をたへ秋をしのびし山ざとに
38いつをまてとか人のとひこぬ
39物思ひいとゞまぎれずよはふけて
40かりねにきけばたかき川をと
41たが夢の有明の月にさめぬらん
42身はおどろかぬ露のよの中
43としごとの秋の夕にながらへて

44いかなる時をまつむしの声
45ちぎりしもいまやかれのと成ぬらん
46あらぬけしきぞ人に見えたる
47ものゝけのふるきうらみをいひいでゝ
48心にすてばつみやなからん
49にほふとて花もいとはじこけの袖
50木のもとずみに春はきにけり
51おく山の雲にかすみのたちそひて
52月やおもふとさるさけぶ声
53さはがしきあかつきがたの秋かぜに
54をざゝのまくら露うらむなり
55数ならばやどりあるべきたびの空
56いとふを人のことはりにして
57恋よなどおもひしみちにまよふらん
58なみだの川のわたりしらばや

59こぎいでぬ身のうき舟はあはれにて
60世にいつまでか心とむらん
61くだるとも今はきかずよあまおとめ
62雲のそでふる山かぜのをと
63雪よりやよしのは花のつもるらん
64しづかにゆくは春の川水
65杣人のひくやつなでのながき日に
66かさかたぶくる雨のさびしさ
67道とをくゆくゑも見えぬ野はくれて
68やまのはちかき三日月のかげ
69くる秋やにしふく風につれぬらん
70つゆもとまらぬかるかやの関
71染川にながるゝもみぢせかまほし
72そでぬらさじと水わたる人
73涙をばうきふなみちにいかゞせん

74いむてふ事をきくぞはかなさ
75きたみなみさだむる空もむなしきに
76風にたゞよふ冬のかりがね
77ひとつふたつ雪のうちちる雲さえて
78ほししろき夜にたれかねぬらん
79月かげになをあはれこそまさりぬれ
80秋にもたへよあさぢふのやど
81夕ぐれは露のかゝらぬさともなし
82いかにふりけるむら雨の空
83とを山の雲だにまれの夏の日に
84舟いでやらぬうらの松かげ
85めづらしくあまのとまやに花をみて
86はるやたき木をこりのこすらん
87ころもにも似たるかすみのあたゝかに
88をび引すてゝかりぞわかるゝ
89雪やいま山のこしぢもとけぬらん
90色をほのかにみしまのゝ露
91秋かぜにかりばのかへさくれそめて
92ならのはおつるをとぞ身にしむ
93軒ちかき月かたぶきてふくるよに
94きりにすきたるふるでらのまど
95さゝがにのあみ引竹のうちみだれ
96そのゝこてふのよそにとぶかげ
97春の日ののどけき友にさそはれて
98かすめる山に《ょ》《ヒ》いくかきぬらん
99たかねぞと見しも浪まのおきつ舟
100うらのけしきのかはるしほ風

何人 第四

1月ならしかすみのにほふよ半の空

2 雲路にふくる春のかりがね
3 のどかなる浪をまくらのとまり船
4 さぞあらいその松かぜの暮
5 あま人のかへる袖より雪ちりて
6 けぶりもさむき山もとのさと
7 かるゝ野に竹一むらやのこるらん
8 うちつれて行鳥のこゑ〳〵
9 あかつきともよほしきぬるたびの友
10 かりねにおしき秋のよの月
11 まくらにとむすべば草の露おちて
12 むしのねとをしそでや見えけん
13 人のとふならひもしらぬふる郷に
14 あたら花さくあさぢふのかげ
15 すゑ野まであらしのをくる山ざくら
16 かすめるかねもをとはまぎれず

17 めをとぢてひとりおきゐる雨のよに
18 なきを心のやどすおもかげ
19 いづくにかまことのおにも神もあらん
20 人のくにまできみぞおさむる
21 こゝのへの都より世ははじまりて
22 かしこき名をばいひつたへけり
23 さわらびをおる人おほき山みちに
24 木がくれふかくきゞすなく声
25 うすけぶるのべのかすみに日は暮て
26 春きてもまだ水さむき色
27 たきつ瀬は雪のおもかげたつ浪に
28 やそうぢ川よ月なながれそ
29 秋のよにとをからぬ寺のかねきゝて
30 まくらのしものすさまじき山
31 かれわたるをざゝや露もなかるらん

32なみだばかりのやどる草の戸
33あさ夕に世をわび人は友もなし
34たれにおもひをかたりてもみん
35しのぶるは心のしるもうき中に
36夢にもそではぬるゝならひぞ
37わかれにし都こひつゝたびねして
38うちながむればうらのもしほ火
39みねの庵ふもとの海の暮わたり
40松ふく風ぞなみのをとなる
41木ずゑにもねにもかへらず花ちりて
42あはれいづくに春はゆくらん
43年こゆる空かとみればほどもなく
44又雪さそふ冬はきにけり
45うき雲にこぼるゝしぐれ玉あられ
46あられんものかひとりなるやど
47月に人うかれいづればあとさびて
48舟のをとする秋の江の水
49露みだれあしのはならぶながれ洲に
50ともまつかりぞ雲にむかへる
51おもひたつ道やいそがぬ春の空
52ゆききえなんと世にふるもうし
53さそへ風身もおしからぬ花のかげ
54あさのころもにのこるむめがゝ
55里とをくみ雪がくれの水くみて
56心をすます月のすゞしさ
57道のべの夕とゞろきもふくるよに
58たがかへるさぞを車のかげ
59しられじとやつして人やかよふらん
60あはれおほきは恋路なりけり
61春秋をあらそひこしもはかなくて

62かすみもきりもあらしふく比
63いでゝみよ霜にまぎれぬみねの松
64冬こそ月とあり明の山
65かたしきてたれかねぬらんさよ衣
66鳥の音さびしわかれにし跡
67みなと川舟とをざかり水すみて
68たゞ時のまにしほや引らん
69うきみるのうきたる身をばたのむなよ
70ひろふ許のとしなみはうし
71なすわざもなみだこぼるゝそでのうへ
72たらちねの日も事たらぬ人
73ちかくきく御法の声はうらやまし
74とを山ざとの軒の松かぜ
75かげほそく夕の雲に月いでゝ
76ひやゝかにふるあきのむら雨

77ひきむすぶをだのいほりやあれぬらん
78すゝきなびきてしかぞおきふす
79さめて後いかにうかりし夜の夢
80ほのかなりとてあはぬものかは
81なき名ぞといひとをらんもさすがにて
82すゑのちぎりを身にやたのまん
83うちむれて人のながむる花ざかり
84いづくのさとぞうぐひすの声
85霞さへまだあらはれぬあけぼのに
86しばしはのこれ山のはの月
87秋かぜに露のいのちもおしまれて
88後にわれをばたれしのぶ草
89道もなくやどふりぬともたづねこよ
90なにゆへたへしおもひとかしる
91いはぬとてあさきになさばうらめしや

92かくれすみぬる山のしら雪
93ゆく水も冬ごもるかとこほる日に
94春まつむめぞ花のかげみぬ
95梢ふく風のをとのみさびしくて
96ほしはきらめく夕やみの空
97とぶほたるかげうすくなる初秋に
98いつか色づくのべにむかはん
99けふも又おなじみ山の露分て
100月をもしらずくらすかり人

薄何 第五

1さくらさくはるは色なき草木かな
2庭にむかひの山ぞのどけき
3かねのをともかすみの窓によはあけて
4いづくの空に月はきゆらん
5秋風にたよりもなみのおきつぶね
6ともなへ我もたびのかりがね
7こしかたは雲をみるにもこひしきに
8又しぐれふるみねの夕暮
9松ひとりつれなき山に冬たちて
10柴のいほりにいつをたのまん
11きみが代をまつもはかなや老の末
12見る事かたき身とやならまし
13めぐりあふよはのことのはのこすなよ
14なるゝしるしに何をかはせん
15うぐひすのは風におつる花もおし
16ものしづかなるはるのあさ明
17よの中もみなあら玉のとしこえて
18なをふりまさる身をいかにせん
19草の戸になみだあらそふよるの雨

20すみぬる事よかゝる山かげ
21かきわくる木のはのしたの秋の水
22をしなくゆふべ月はすさまじ
23露しもをたのむやどりもあはれにて
24いつかは旅に身もきえぬべき
25さすらふるすがたを人のみんもうし
26とま屋のうちにかくれすまなん
27さむき日はひろふつま木をおりたきて
28ながめぬ雪のおしき山のは
29春きぬといつしか今朝は打かすみ
30むめにほふなりあめのした風
31さかりなる世をしる花はさきそひて
32こゝろよげにも鳥ぞさえづる
33舟さして嶋めぐりする池水に
34いはねすゞしくよするさゞなみ

35露しきて月さへねぬる苔むしろ
36つまどふ鹿のよはる山みち
37つれなきにあかしくらせば秋ふけて
38ことしも又やたゞにをくらん
39まなぶべきみちはあまたのあらましに
40心さだめずいとけなき人
41はつ草の露のゆくゑのいかならん
42ゆふべさびしき春雨の庭
43山ざとはかすむ軒ばに水おちて
44谷のこほりぞこぞのまゝなる
45へだてつゝてるひかりなき松陰に
46いでゝ月見よあらしふく空
47秋のよをたれいたづらにあかすらん
48小田もるおきなやすからぬ声
49はかなくもわがすむさとを遠くきて

50 をとづれずとてなにうらむらん
51 おもふともしらぬ中こそこひぢなれ
52 みそめてつらし雲のうへ人
53 むねになどゑじのたく火をうつすらん
54 よるひるわかずそではぬれけり
55 山ふかみなをとぢこもる五月雨に
56 いはほにたきのをとぞまされる
57 しら川や名におふ月のかげすみて
58 みつわくむまで秋をへにけり
59 ひとひさへながらへがたき露の世に
60 友とぞ見ましあさがほの花
61 ふりのこるまがきのうちにすむやたれ
62 ものいひよらば心とまらん
63 きくをのみちぎりになしておもひけて
64 人まつ暮の山ほとゝぎす
65 木がくれにまだちりやらぬ遅桜
66 花もはるにやわかれかなしき
67 しほれつゝかすみの袖に雨おちて
68 雲はやどあるみちのはるけさ
69 あまのはら月のゆきゝのいかならん
70 くるゝをいそぐ秋の日のかげ
71 を山田のおくてのいな葉かりやらで
72 たもとをさむみむすぶはつ霜
73 うちとけず人はわかれしあさ床に
74 またるゝ文のかへしをもみず
75 しのぶれば心一におしこめて
76 うらみをすてよまじはりのみち
77 たがすむか市のかり屋のかりならぬ
78 山のあらしのをちこちの声
79 峯の松やどりあらそふ鳥なきて

80ひとむら竹ぞ雪におれたる
81夕川に船よこたはり人もなし
82野中の水にほそき月かげ
83こはぎさきすゝきほのめく秋はきて
84露よりむしのみだれたる声
85見しはみなすくなくなれるふる郷に
86のこるうき身よなにのためなる
87のりにいまあふこそたのみつとめばや
88仏をしらぬ時もありけり
89すべらぎの三をその代のはじめにて
90くすりの草葉たねはつきせじ
91さ月きてなをふかくなるのべの色
92ふるさは水にほたるとぶくれ
93人もこぬくち木のはしはかすかにて
94あやうきみちはさすがわすれず
95ことばには命をかろくなす物を
96なさけあるにぞなをつかへぬる
97とにかくに我こそこひのやつこなれ
98なみだのそでにせめくるもうし
99おく山にすめども秋の夕ま暮
100風ふく木のま月をこそみれ

何船　第六

1ねにぞなく人やりのみちかかへる雁
2さくらもよほす雨の明ぼの
3むめの花うつろふよ半に月入て
4かりねのまくらあらしをぞきく
5さとばなれものしづかなる山かげに
6いはのしづくの水はにごらず
7をのづからこけにすゞしき色有て

8 ちりものこらぬ夕だちのあと
9 道のべにいかなる露のやどるらん
10 ところもさらずむしのなく声
11 秋をうしと人はわかるゝふるさとに
12 ひとり月みるよな〳〵の空
13 山かぜの雲もちぎりもとゞまらで
14 いづくのみねに花をたづねん
15 うらやまし心のどけき世すて人
16 春をむかふるみちのいとなみ
17 にしにゆきひがしにさるもあはれにて
18 舟までをくるよどのたび人
19 はる〴〵となびく竹田のかはら風
20 水のけぶりの夕ぐれの色
21 月うすくうつる山もとかねなりて
22 秋さむげなる軒の松杉

23 霜はらふつばさ露けきあさがらす
24 いつのほどにかかみしろくなる
25 いにしへをおもひいづるもきのふにて
26 ながらふるとて世をもたのまじ
27 入事をいざやいそがん法の門
28 きえんものかはつもるつみとが
29 はしだかをすゑのゝ雪はあともなし
30 ゆふべの山路人かへる也
31 もみぢばをになふま柴にさしそへて
32 みじかきそでを秋かぜぞふく
33 いとゞしく夜は長月のひとりねに
34 誰にならひてゆめも見えこぬ
35 うとむとはおもひしれどもまたれけり
36 あらずなり行こゝろかなしさ
37 そのかみの人のなさけの物語

38おなじ事こそおいのくせなれ
39あさゆふにほとけの御名をおこたらで
40をとすみわたる水のおの山
41むら雲のさとの月影ふくるよに
42それかとばかり秋ぞしぐるゝ
43ときは木にかゝれるつたの色付て
44ふりたる宮のみちの一すぢ
45すぐなるや神の心にかなふらん
46あらぬさまなる事ないのりそ
47恋せじといふによるべきおもひかは
48しのぶたもとぞなみだおちそふ
49あさぢはらかたみの花に風ふきて
50あとなき庭にこてうとぶかげ
51やつれたるかきねの夕日打かすみ
52すがた見ゆるやつらきわび人

53つま木とる谷のしたみち水すみて
54やすらひて行かけはしのうへ
55かげたかきいはほを雲のやどりにて
56かはらの軒ぞ松にかさなる
57暁の雪のともし火きえのこり
58しはすの月やみる人もなき
59まきあげしみすをもおろすさよ風に
60いづくのそでのにほひなるらん
61かへるさにとふは中〳〵うらみにて
62はなれこじまのあまのつりぶね
63うな原や雲もはれたるあさぼらけ
64空のみどりぞ浪にうつろふ
65かたちなき心のなにゝうごくらん
66たゞうきものはわが身成けり
67ひとつづゝたれもこの世にみち有て

68ましばの戸ぼそ柴のかり○《い》ほ
69をかのべの木のもとしろきよはの月
70くずのうらばに風やふくらん
71分ゆけばもすそ露けきたびごろも
72かよはぬみちのほどぞしらるゝ
73末こほるかけひの中のたまり水
74ともしく見ゆるさとのさびしさ
75あし引の山ははるかに野はひろし
76いくたび鳥のはをやすむらん
77ひとりたつ松の木ずゑのとしふりて
78若木の花ぞ風こゝろせよ
79なれぬれど人をおもはぬ春の空
80わかれにかすむ有明のかげ
81ほのみしはゆめにまさらぬちぎりにて
82わすれがたきはわれぞつれなき
83ことはりをおもひしらでやかこつらん
84ふりたるさとのあきの夕ぐれ
85松かぜのきりにこぶかきをとはして
86ものすさまじきやまみちのすゑ
87そこもなくうずまくふちのふかみどり
88きえてはむすぶ水のあはれさ
89ふる雪も露のみたまるうき草に
90つばさつくろひたてるしらさぎ
91いり日さすあら田のおもは人もなし
92けぶりかすかにならぶ一むら
93やどもがな木かげばかりはたのまれず
94夢をもはらふ風はうらめし
95蚊のこゑをいとひてねたるたまくらに
96めにみえぬほどあけやすき月
97さみだれは雲まとなるもさだまらで

98とぢこもりたる山ぞさびしき
99おもひきや花さく春のこけごろも
100のどけき御代にいつかあはまし

朝何　第七

1わか草にとをきちぎりや秋の露
2きかばや春ものべのむしのね
3山ふかくうぐひすかへり日はくれて
4かすみをたどるさとのかよひぢ
5水こゆるはしやとだえになりぬらん
6川をとちかしながあめの跡
7しげる葉につゝみの柳かたぶきて
8さなへすゞしきを田のあさ風
9なくせみのは山の月はかげうすし
10そらにや雲のころもをるらん
11くれはとりあやしきまでの物思ひ
12いとゞこひしくありしにもにず
13てにつみてたれうき事をわすれ草
14けふまちえたるきくのしら露
15谷の庵をとづれたえし秋ふけて
16鹿はいづくの野にやどるらん
17かりまくら人うとからぬよはの月
18みやこにすむとおもふおもかげ
19うき心ひまなくはらふ苔のそで
20たれおしむらんさくらちる陰
21やまちかき夕日のはなはさやかにて
22春雨のこるをちかたの雲
23夏きてもまだつれなしやほとゝぎす
24うちつけにとやわれをへだつる
25あらはすもとしへておもふすゑぞかし

26 いのらで神のしるしあらめや
27 まことなる心と身をもたのむなよ
28 さだめなきこそこのよなりけれ
29 なにかそのはちすのうてなかはらまし
30 さびしくなりぬあきの池水
31 月をいまみる人もなきふるさとに
32 たれくさの戸の露はらふらん
33 しづかなる野分のあしたおきいでゝ
34 ゆけばおれふすみちのかやはら
35 しらざりし山にもむかふたびの空
36 ながむるうらにしろき夕なみ
37 かもめゐるふぢ江にうかぶあまをぶね
38 雪にやいとゞたかさごの松
39 ふけわたる霜よのかねに月いでゝ
40 おもかげきゆるたまくらのゆめ
41 つらきこそそでもひかれぬわかれなれ
42 まだこゝろをく中のことのは
43 しばのいほしば〳〵とふもうらみにて
44 まれにきかばや山のあき風
45 すさまじきなみのちさとをこぐ舟に
46 いさり火みゆるきりのひま〳〵
47 松たてる木がくれくらく月入て
48 はなにほふよのあくるをぞまつ
49 おいの春時のうつるもおしき身に
50 むかしにたれかかへるかりがね
51 天津空うちながめてもそでぬれぬ
52 ゆふべやこひのつかゐなるらん
53 ふみも見ぬおぎのかれはに風ふきて
54 うすきこほりのとづる江の水
55 あかつきの月のとも舟人はなし

56一むら千どりきりになくこゑ
57ふるさとのさほの山もといろづきて
58秋にはたれかころもほすらん
59おもひをもしらぬたぐひはうらやまし
60かたみのこの世のこすはかなさ
61いにしへのうへ木としぐ〵花さきて
62松にちぎりのたえぬふぢなみ
63春の日の春日にならぶやはた山
64ならさかこえてみねのしらくも
65ふりをける色なきしぐれふく風に
66冬野の露はなにをたのまん
67有明の月こそあらめ秋くれて
68わかれをまねけいなづまのかげ
69花すゝきほのかにも又いつかみん
70こゝろぼそくもおもひこそやれ

71行すゑはなをまさるべき身をわびて
72ものわすれするよはひかなしも
73ことぶきの世になどなみだこぼるらん
74ふるきみやこも春になる比
75いしずへのいしまのすみれこけにみて
76かすめるのべは露もうごかず
77のどかなる風や雲ゐにきえぬらん
78おのへのさとぞ月に戸ざゝぬ
79山がつも心あるべき秋はきて
80色こき小田にむら鳥の声
81はぎが花くれゆく雨にうちみだれ
82うつろふ人やなをまたるらん
83あやにくになるこそつらき思なれ
84とむればあくるきぬぐ〵のそら
85むめがゝも一よかりねのわがそでに

86 はかなき夢ぞ春のものなる
87 ゆくとしもめわたる鳥に又こえて
88 心のさるをいかゞいとはん
89 み山ぢのおもかげのこるたびはうし
90 なつのゝ草をそま木にぞみる
91 あはれにもいとなむたみの家づくり
92 なにばかりなる身をおもふらん
93 いのちをもすつるぞならひのりのみち
94 いはにかきけることのはのすゑ
95 し水よりながるゝものはなみだにて
96 いつかは人にあふさかの関
97 ひとりねもゆふつけ鳥はうきものを
98 なにをうらむるこゝろなるらん
99 風ふかぬ花もうつろふ春暮て
100 木ぶかきかげになびく山ぶき

初何　第八

1 きのふよりあさけ久しき春日哉
2 花さきまさる木々のふぢがえ
3 風さそふおのへのさくらあをばにて
4 くれゆく空にまよふ鳥のね
5 入会のかねややどりをゝしふらん
6 けぶりも見えぬをちの一むら
7 江にうかぶひとりのをぶねほのかにて
8 きゆるばかりのさゞなみのをと
9 ほたるにやあしまの月はまがふらん
10 ゆふぐれふかく露ぞすゞしき
11 とをき野にいざやゝすめんたびのそで
12 こゆべき山のみゆる行末
13 うき雲もわがすむかたやさだむらん

14 なか空になるちぎりかなしも
15 まことかと心とくれば又たえて
16 いかにおもひをしづのをだまき
17 いにしへの涙にまさる秋はきぬ
18 月こそおなじひかりなりけれ
19 露むすぶみねのしらかし玉つばき
20 こずゑにちるやたきのいはなみ
21 をとは川をとばかりする日は暮て
22 いつか人めのせきもこえまし
23 戸ざしゝて又かへすこそうらみなれ
24 雨夜にとふもあはれしらずや
25 かずならぬみのしろ衣袖ぬれて
26 なきがすみかも春はきにけり
27 ゆふべには雲となるべきあさがすみ
28 たゞ時のまも花にむかはん

29 秋ののゝ草のいほりをたちいでゝ
30 又たがさとの露にねなまし
31 人ごとの心にとむる秋の月
32 かゝるならひもある世なりけり
33 一かたにいまはなみよるいくた川
34 おちばくち行もりのこがらし
35 霜しろきふもとの鳥井かたぶきて
36 つゑつくほどの神のみやつこ
37 たのみくるみちやちからとなりぬらん
38 やまとことばにうごくあめつち
39 きみが代によものあらしもおさまりて
40 おりしりがほにさくらさく色
41 きさらぎやほとけとなふる月のまへ
42 ふりぬるてらにかすむともしび
43 山水のをとたえ〳〵によはふけて

44 あすやこほりもむすびさだめん
45 たゞ一めみるよりぬるゝわがそでに
46 あやしきものはおもひなりけり
47 おもかげのそはゞそれにもなぐさまで
48 なをみどり子におやのこひしさ
49 しのぶともしらぬむかしはかひもなし
50 月日はおいをいそぐばかりぞ
51 うへをきてまたるゝ花の春ごとに
52 わがやどゝはぬうぐひすのこゑ
53 かすみつゝあり明のこる山にねて
54 たびのつらさをいつか忘れん
55 舟にまだのるこゝちするうらづたひ
56 つりざほもてるあまのかへるさ
57 ゆふまぐれをちの松原雪はれて
58 かれ木のひまにけぶるさと〴〵

59 冬ごもる山やあはれをつくすらん
60 たゞ一とせもたまくらのゆめ
61 よの中をとをからんとは思ふなよ
62 もろこしまでもゆく人ぞある
63 のりのためむなしき海にふねうけて
64 さとれなにはのよしあしもなし
65 うきふしをのこす心のいかならん
66 又あはましやまれにとふ中
67 わかれぢに八声の鳥よまてしばし
68 かねもきこえずよこそふかけれ
69 月をのみ人のかげなるはなれじま
70 なみもいはほにめぐる秋かぜ
71 露ながらお花ちり行庭のおも
72 野となるさとにのこるむしのね
73 なみだをばたれにみよとかおもふらん

74こゝろぞ恋にいやはかなゝる
75むすばめやまどろめばとてよるの夢
76たのむまくらの山かぜの声
77かりごろもたかねの雲をかたしきて
78すてぬる身をぞいづくにもをく
79とらのふすのべにはかよふ人もなし
80竹のはやしの風はすさまじ
81夕露のかきねづたひに月を見て
82たれのこるらん秋のふる郷
83草も木もあさくなり行うらがれに
84又やまのはぞ雲にかくるゝ
85浪ならでたのむ空なき舟のみち
86さてもみやこにいつかかへらん
87今こんをちかた人のなごりにて
88それをも見ばやすみぞめのそで
89かのくにの春にたとへの花の色
90かひ子になきし鳥のさえづり
91山ざとものどけきかげの日にそへて
92かすみにうとしたきゞこるみち
93暮ゆかばいかゞわたらんひとつばし
94こまをとゞめよはや川の水
95さゞれいしのながるゝをともすむ月に
96松にくだくる露のしら玉
97風は先軒ばのおぎを事とひて
98秋にしられぬやどにすまばや
99仙人のよはひに何をおもはまし
100てがひのつるのあそぶもろ声

何田　第九

1のこる日にみれば見えけり春の雨

2いとよりつたふ青柳の露
3冬がれの道のしば草もえいでゝ
4のべの霞にこまいばふ声
5かへるべきさとはけぶれる夕ま暮
6つま木もをもく雪はふりつゝ
7とをくこしほどこそ山にしられけれ
8空にあらしのよはくなるをと
9木のはみな心とおちてゆく秋に
10おしめば月も有明のかげ
11むしの音に草の戸ぼそをとぢやらで
12庭のつゆさへそでにをきけり
13をくりつゝいでにしまゝのわかれぢに
14おもふ心や身をはなるらん
15山かげのすみよくなれるよすて人
16むれてたづねし花もちりけり
17かすみしく木ずゑにひとり鳥なきて
18いり日のかげぞ春もさびしき
19なごの海もなごやかならずたつ浪に
20なにはのあまや冬ごもりする
21あしづゝのうすき衣を身にかけて
22夏のやどりぞそよぐ風まつ
23秋きてやがて心のかはるらん
24露よりあだのちぎりなりけり
25わかるれど月はのこりてふかきよに
26おきいでゝみるみねのよこ雲
27色はたゞゆふべにまさる山ざくら
28たれかへるらん花のこのもと
29ふるさとも春のみ人のをとはして
30たびのつらさをかたるばかりぞ
31むまれあふはみなむつまじき世中に

32いかりをなせるこゝろをろかさ
33あづさ弓いる野のふすゐのがれめや
34小とりも見ゆる雪のあさあけ
35さむき日の山をはる〴〵さとにきて
36やどりかさずは身をいかゞせん
37しのぶとて夜をふかすこそかなしけれ
38いなづまほども夏の月かげ
39なる神のをと打そへてふる雨に
40いかゞわたらんとゞろきのはし
41こえのこすやまと路とをく日は暮ぬ
42たれから衣ひとりうつらん
43風さむみあれたる軒の露をみて
44あさぢ色こき秋はふけけり
45うづらなく末野は人のかげもなし
46月ほのかなるきりのをちかた

47あかつきのねざめのまくらそばだてゝ
48かねさへおいをうとむとぞきく
49くるしくてのぼりもやらぬはつせ山
50すゞしき川べ水やすむらん
51夏の日にかるゝ草葉は露もなし
52秋やまつてふむしの一声
53おもへどもしのびあまるはゆふべにて
54恋は心をあまたにぞなす
55よむうたのうらみのふしもおぼつかな
56きえにし人をとはぬくやしさ
57あだし野の露を分つゝ花にきて
58したふに春のとまるものかは
59いたづらになく声ならしよぶこ鳥
60舟まつ川のかすむ山もと
61みなかみにふりたるはしは中たえて

62 雪のあしたのをちこちのさと
63 をしあけてむかふ野寺のまどのまへ
64 つれ〴〵と日をけふもをくりつ
65 さはりあるみちのたび人やすらひて
66 岩木ぞ山のかげにならべる
67 たきなみの一すぢ白き夕ま暮
68 月まつほどの雲はすさまじ
69 秋のよをねに行鷺の声はして
70 むら雨ふりぬかさやつゆけき
71 かたぶきて草かるおのこかげさびし
72 野路のゆくゑをたれにとふべき
73 水きよきさはのほとりに駒とめて
74 ながめわたせるよもの山〳〵
75 すてゝ後いづくわが身のをきどころ
76 さすがうき世もなごり有けり
77 春秋をこのよはひまでともなひて
78 くち木のさくらもみぢだになし
79 風あらすなぎさの宮のよはの月
80 ふけ行なみのをとぞ身にしむ
81 ねられぬをならひと思ふたびまくら
82 さのみ心をなにつくすらん
83 まよへるもさとるもかはるみちならで
84 雲のみどりににたるおほぞら
85 いづくまでちいろの竹はさかふらん
86 よもぎのみなるわが門はうし
87 とし月は中につもりて人もこず
88 いかにいひてかおどろかすべき
89 つみあるやのりの声をもいとふらん
90 いむ事おほき神がきのうち
91 やへさかきなゝへのみしめひきそへて

92うす雪かゝる杉のむらだち
93こほりつゝ水もをとせぬ小山田に
94わら屋かたぶき道ぞたえたる
95ふるき跡みればなみだの先おちて
96それもなごりとなれる一ふで
97まれなりとうらみつるこそはかなけれ
98なにかはとはんところせき人
99花さけど車いるべき山ならで
100かちよりゆかんみちぞのどけき

二字反音　第十

1世に一木さかば都やはなのかげ
2野山の春にたびねする人
3かり衣きゞすなく夜をあさたちて
4のどかにかよふそでのうはかぜ
5窓あけてみればかすめる天の原
6ゆふべのほしぞ雲にかずそふ
7三日月のいづるほどなくかげきえて
8露うちみだれ柳ちるころ
9たがわけしをかのかやはらなびくらん
10むかひの山のほのかなるかげ
11ともし火にみねのふるでらあらはれて
12人しづまれるさとぞふけ行
13さはがしき雨と風との夕ぐれに
14とはんとおもふこゝろはかなさ
15此世だにかれぬるものを草の原
16いづくの野べかやどりならまし
17とを山の雲をわかるゝほとゝぎす
18あかつきがたの月のさびしさ
19水むすぶこけのたもとに露おちて

20 すてぬる身にも秋ぞともなふ
21 さほしかの庭にたゝずむ柴の庵
22 木のはふみゆくをとのさやけさ
23 霜しろきたにのかけはし暮わたり
24 いづくのみねに雪はふるらん
25 待わぶる人のやどりはつれなくて
26 こゝろがへするならひともがな
27 花ぞめをしのぶもつらし墨の袖
28 このもとずみの春になる空
29 おりたけるま柴のけぶりうちかすみ
30 おぼろ月夜もしづはしらずや
31 水おつるかど田のかはづ声ふけて
32 ものしづかなるさみだれの跡
33 くれ竹のわか葉は風のやどもなし
34 松一木こそなをさびしけれ
35 すまれんとおもひし事よ山のおく
36 さかへつる世をいづるあはれさ
37 わび人はうき身もしらずまじはりて
38 月にかたらふ道のべのいほ
39 秋さむきしばふがくれのきり〴〵す
40 きのふのつゆや霜になるらん
41 かはれどもおもひきえぬは心にて
42 ちぎりし事はみやはわするゝ
43 つみあるもすてぬも《ぞ》《ヒ》ほとけたゞたのめ
44 たつの宮こもすみははてめや
45 うらしまが此国とをくかへりきて
46 見し人もなくなるぞかなしき
47 雨そゝくあをばの花の夕まぐれ
48 み山の雲にかすむ鳥のね
49 かすかなるさとにも春やいたるらん

50やぶしわかねばむかふ日のかげ
51我をのみへだつる人もうらめしや
52はかなくなるは二みちの末
53あづさ弓をしいだす舟もちからにて
54うみをおさむるすみよしの神
55松にのみまだのこりけりおきつ風
56ねられんものか雪のよの月
57心ある友をも行てたづねばや
58ひとりおもひの身にあまるころ
59うれしさをまちつる袖は涙にて
60めぐみにあへばことのはもなし
61えらぶ世のかずに入べき道もがな
62ふりぬるさとぞ花もこけむす
63松がきにつたのわか葉のまじはりて
64いはねの水にのこるはる雨

65しづかなる夕川のべのわたし舟
66あまのすみかぞけぶりわたれる
67山たかくみるこそ月はさやかなれ
68夜ふけてかりのほどちかき声
69こぞの秋おもひつゞくるたまくらに
70いづれの露のなみだとかなる
71うき中にはやうらがれのしのぶ草
72いまは名をだに人やいとはん
73いにしへのそれにもあらずおとろへて
74霜の後よりゆめなたのみそ
75冬きてや松をあらしのはらふらん
76なを山ざとぞおもひやらる丶
77ながれせくみぎりのいはほすゞしきに
78ほたるかげなく月いづる暮
79うすもの丶袖にたまらず露をきて

80 秋の野しのぎあそぶたをやめ
81 みだれゆくおもひとしれな花すゝき
82 ほのみしよりぞうかれはてぬる
83 今はたゞゆめてふものをうらみにて
84 こよひばかりの春にねましや
85 いかにせんあすはあらしの山ざくら
86 かすみにきけばとをき川をと
87 雪きえし跡はみどりの水ならで
88 夕日がくれのさとのむら竹
89 すゞめなく小田のいなぐきたえ〴〵に
90 ちりはかさなる秋のかよひぢ
91 すさまじくふるき小車風ふきて
92 月にうごくは人のおもかげ
93 恋しさに物いふほどの天津空
94 わするなむねにこめしおもひぞ
95 よはるこそまなびのみちのうらみなれ
96 いかでむかしにおいをかへさん
97 色ふかき花をかざしになすもうし
98 木かげにやすめ春のもろ人
99 とをく共家路くれじとながき日に
100 歌のむしろのあかぬかたらひ

解説

【作者】

『聖廟法楽千句』（以下、『聖廟千句』と略称）の作者、兼載は、享徳元年（一四五二）、奥州会津に生まれた（生年は享年より逆算）。父は猪苗代盛実。猪苗代氏は、桓武平氏の流れを汲む葦名氏の支流で、武門の家柄だが、兼載は早く出家した（法号、興俊）。十代の頃に、関東に下向してきた心敬、宗祇と邂逅し、心敬の薫陶を受けることになる。

心敬が関東の地で没した文明七年（一四七五）の頃、上京。宗春の号で都の連歌壇に姿を現すと、急速に頭角を現し、延徳元年（一四八九）、三十八歳の若さで北野会所奉行、連歌宗匠職を拝命するに至る。明応四年（一四九五）、宗祇とともに『新撰菟玖波集』を撰進。同六年、後土御門天皇の連歌に加点し、著書『若草山』を献上するという栄誉に浴した。

こうした活躍の契機として宗祇の庇護と推輓があったと思われるが、一方で兼載は天台系の寺院に独自の活動範囲を持っており、宗祇に付き従って行動した宗祇の門弟とは一線を画していた。文明十八年の宗春から兼載への改名も、宗祇からの独立を示唆する出来事である。その著作からも窺えるように、兼載はあくまで心敬を連歌の師と仰いだのであり、そのことによって宗祇門下に収まることなく、やがて宗祇に並ぶ存在へと成長していったのである。

晩年は関東に居住し、永正七年(一五一〇)、五十九歳で古河の地で没した(新編会津風土記)。別号、相園坊、耕閑軒。句集『園塵』、著書『梅薫抄』『連歌延徳抄』『景感道』等。

【成立と作品】

『聖廟千句』は、明応三年(一四九五)二月、兼載四十三歳の独吟千句である。「聖廟」とは、菅原道真を祀った廟のことで北野神社を指している。兼載が本千句を、連歌の神である天神に手向けたのは、この翌年に完成することになる『新撰菟玖波集』の成就を祈願したためであろうと言われている。

本千句は、二月十日に詠み初めて十二日に満尾したとされている。ただしこれは、千句が通常三日間で詠まれることによる推定であって、実はいずれの伝本にも満尾の日付は記されていない。加注本の第二種注には、明応三年二月十二日の兼載奥書が備わるが、後述するように奥書自体に不審があるため、俄には従いがたい。

そこで、一つ問題になるのは、柿衞文庫所蔵の『聖廟千句』の一本と同じ帙に収められた、兼載自筆と見える奥書の存在である。縦一七・九㎝、横一九・二㎝の一枚を裏打ちし、上下に金の縁取を施したもので、「三時の間独吟なり、□《福カ》地□□所望によりて、悪筆をそむる也　兼載（花押）」と記されている。「兼載独吟集」と墨書した、比較的新しい包み紙に入れてあるが、本体の冊子本とは全く別のもので、紙も筆跡も本体のそれより古い。

　これが本当に『聖廟千句』の奥書であれば極めて重要な情報となるが、『聖廟千句』と同帙という他には、その証拠は無い。抑もここに言う「独吟」が千句であるかどうかも定かでない。「三時の間（約六時間、稿者注）独吟」ならば、むしろ百韻の独吟と見る方が穏やかである。現に、寛正三年（一四六二）二月二十五日の専順の独吟百韻は、「四時独吟」と銘打って伝わっている。また、この当時の連歌会の時間については、心敬が『ささめごと』に、「片つ方の一座は昼つ方に過ぎ、遅きは未の刻に退散す」と、遅くとも午後二時過ぎには散会してしまう実情を語り、「朝天より日晡（日暮れ、稿者注）に至らざらん一座は心にくゝも侍らずや」と非難している。宗祇は『筑紫道記』に「会過れば、まだ未下らぬ程なり」と書き付けている。つまり、現実に六、七時間程度で終わる会はあり得たが、それでは少し速いという感覚はあったのだろう。問題の奥書が百韻の独吟に付されたものならば、兼載は、時間をかけて沈思した作品ではないという謙遜を込めて「三時の間独吟なり」と記したということになろうか。

一方で、この奥書が仮に千句の奥書であったならば、兼載の他の独吟千句はあまり流布していないので、『聖廟千句』のものである可能性は高くなる。だが、この当時、宗祇の『三島千句』、宗長の『出陣千句』『浅間千句』が、いずれも三日かそれ以上の日数を要していることを思えば、驚異的な速吟と言わなければならない。わざわざ「三時の間独吟なり」と断る理由は十分にあるが、それほどのことが、他の伝本や書物に記録されていないのも不審である。このように、柿衞文庫本と同帙の奥書の扱いには慎重であらねばならないが、千句終功の日付に若干の問題があることと関連してここに紹介した次第である。

さて、この点に少し拘ったのは、「三時の間独吟」ももしやと思わせる軽妙さが、この千句にあるからである。元来、百韻よりも軽やかに詠むのが千句の故実だが、この千句は特に、付筋を的確に捉えてよく句境を転換させている。そして、付様も一様ではなく実に変化に富んでいる。その秘訣は、一句に理屈を言い詰めないというところにあるように思われる。一句にどこか言い残したところがあると、それを接ぎ穂にして、容易に次句へと展開させることができるのである。二つの例を挙げておきたい。

とはんとおもふこゝろはかなさ
此世だにかれぬるものを草の原（十15）

付合は、この現世においてさえ、訪れが途絶えてしまった（離れぬる）というのに、死後、恋する人が草深い墓所を訪ねてくれようと期待するのははかないことよ、の意。前句一句には、「とはんとおもふ」の主体が表されていない。打越（13句）は「さはがしき雨と風との夕ぐれに」で、13句と14句の関係では「とはんとおもふ」のは、雨風の中、恋人のもとを訪ねてゆこうとする男性であった。それを14句と15句では、恋人が訪ねて来てくれるだろうと期待する女性の身の上に転じたのである。そして、この次の16句は、「世」を「夜」、「離れる」を「枯れる」に取りなして、野辺に宿りを求める旅人の句へと展開してゆくことになる。

　　うちつけにとやわれをへだつる
　あらはすもとしへておもふすゑぞかし（七25）

この付合は、だしぬけに思いを打ち明けたといって私を遠ざけるのですか、こうして気持ちを表すのも、長年思い続けた末のことなのですよ、の意。打越の23句は「夏きてもまだつれなしやほと、ぎす」で、「われをへだつる」のは郭公であったのを、25句で恋人のこととした。そして、この次の26句は、「あらはすも」の句が、単独では誰が何を「あらはす」のかが曖昧であるところに目をつけて、新たな展開を図るのである。

このように句境を次々と展開させる付様は、こと新しく言い立てるまでもない、連歌のごく当たり前の付様だが、熟達した軽妙な詠みぶりには見るべきものがある。心敬が「一句のうへに理しられてうるはしきを秀逸とのみ心得、前句の寄様をば忘れ」（『ささめごと』）てしまいがちな風潮を批判して、「連歌は前句の寄様にて、定句なども玄妙になるべし」（同）と説き、兼載自身が「連歌は百韻の移行やうによりて、面白くも悪しくも聞こゆる也」（『連歌延徳抄』）と述べる連歌観が、実践的に示されたものと見ることができよう。

また、右の二句は、『新撰菟玖波集』入集句でもある。平明だが、前句に絶妙に付いていて、しかも情感のこもった、正風連歌である。本千句から『新撰菟玖波集』には計三句の付句が入集し、兼載自選の句集『園塵』第二には発句四句、付句二十句が採録されている。

【本文】

『聖廟千句』の伝本については、加注本も含めて、現在二十六本を確認している。以下に、無注本、有注本の別に列挙し、簡単な書誌と、伝本どうしの関係を指摘できるものについてはその関係を注記した。なお、有注本については、次の【古注】の項で詳しく取りあげる。

無注本

〈完本〉

①尊経閣文庫蔵本「聖廟法楽独吟千句」（107古）
枡形の綴葉装一帖。表紙は紺紙に金泥で、霞に梅の木と鶯、蒲公英や土筆などの草花を描く。外題なし。本文料紙は斐紙。第一丁は中央に「独吟千句」と題し、本文は第二丁から始まる。最初に「聖廟法楽千句独吟明応三年二月十日／賦何路連歌　第一　兼載」とあり、以下、百韻ごとに「何木　第二」のように賦物を記す。毎半葉十行。墨付五十四丁。奥書「瓦礫之間、雖外見憚之、就此道依有一諾之子細、妙徳院律師訓英奉之者也／于時明応五年七月廿三日／法橋兼載（花押）」「妙徳院訓英遷化以後、遠忠相伝之、尤末代重宝也」（別筆）「相伝権少僧都信盛」（別筆）。

②東北大学附属図書館狩野文庫蔵本「聖廟法楽千句」（4―10916―1）
横本一冊。奥書「旹嘉永六年丑年二月以山田通孝書写蔵本臨写了　梅之房（花押）」。⑤の転写本。

③米沢図書館蔵本「独吟千句」（911―善184）
横本一冊。奥書なし。室町末期写か。

④国立国会図書館蔵本「聖廟法楽千句」（連歌叢書第三十冊、190―367）
中本一冊。奥書「元亀三壬申二月十六日写之　看文」「文化四丁卯三月吉日　筑波山人石井氏修融写」。奥書、本文ともに第四種注に近い。

⑤静嘉堂文庫蔵本「明応三年聖廟法楽千句」（連歌集書第十四冊、22718—107—523—18）
小本一冊。奥書「天保七丙申十一月十一日夜　（花押）」。山田通孝筆。
⑥大東急記念文庫蔵本「［独吟千句］」（41—30—3109）
半紙本一冊。奥書「大永七稔卯月五日　書写畢　主清宣」。江戸初期写。
⑦内閣文庫蔵本「兼載独吟千句」（202—260）
半紙本一冊。奥書なし。江戸後期写。続群書類従原本。⑤に近い。
⑧京都大学文学部国語学国文学研究室潁原文庫蔵本「兼載独吟千句」（潁原文庫G・j6貴）
横本一帖。奥書なし。室町末期写。第二種注ないし第三種注と共通の異文がある。
⑨天理図書館綿屋文庫蔵本「聖廟法楽千句」（れ4・1—24）
半紙本一冊。見返「絶妙好辞　いさ、かてにをはのたがひも侍れば付合の口調を考て書写のあやまれるを補助し且は先道の文玉を琢するのみ　月草書」。奥書「天正十七乙丑年七月書之畢　玄際」。①と同系統。
⑩天理図書館綿屋文庫蔵本「聖廟法楽千句独吟」（れ4・1—95）
横本一冊。奥書なし。江戸初期写か。①と同系統。
⑪大阪天満宮文庫蔵滋岡本「兼載千句」（れ4—13）

横本一冊。奥書「右兼載翁独吟之千句、以或人之本令書写畢、誤字等無覚束者也　文化元年季冬」。滋岡長松筆。

⑫大阪天満宮文庫蔵南曲本「兼載独吟千句」(れ乙24)
横本一冊。奥書「南曲改写」。江戸末期、岡延宗(南曲)筆。本文は⑪と同じ。

⑬柿衞文庫蔵本「兼載独吟聖廟千句」(2266)
半紙本一冊。題簽「柴屋軒宗長正筆」。奥書なし。室町末期写。

⑭今治市河野美術館蔵本「聖廟法楽千句」(357—987)
横本一冊。奥書「辛丑霜月旬　紅山(印)」。江戸後期写。

〈残欠本〉

⑮佐渡大願寺蔵「古連歌」下所収本…第九百韻まで

⑯天理図書館綿屋文庫蔵本「聖廟法楽千句　内五百韻」(れ4・1—25)…第五百韻まで

⑰金城学院大学図書館蔵「〔連歌合集〕」所収本(911・2—R27・5)…第二百韻86句まで

⑱天理図書館綿屋文庫蔵「古連歌千六百韻」所収本(れ4・2—11)…第四百韻のみ

⑲島原図書館松平文庫蔵本「賦何人連歌　明応三年二月十日」(143・2)…第四百韻のみ

有注本

第一種注

⑳天理図書館綿屋文庫蔵本「兼載独吟千句」（れ4・1—85）

㉑早稲田大学図書館伊地知鐵男文庫蔵本「聖廟法楽千句註」（文庫20—100）

第二種注

㉒広島大学附属図書館金子文庫蔵本「兼載聖廟法楽千句注」（9）

㉓九州大学附属図書館支子文庫蔵本「聖廟法楽千句」（911—セ—2）

㉔小鳥居寛二郎氏蔵本（小連46）

第三種注

㉕山口県文書館多賀社文庫蔵本「兼載連歌集」（1284）

第四種注

㉖国立国会図書館蔵本「聖廟法楽千句注」（連歌叢書第四十六冊、190—367）

①の尊経閣本は、兼載が、明応五年に興福寺妙徳院長教房の訓英に贈った自筆本である。訓英の名は、『園塵』第一に「訓英律師の坊にて」、同第二にも「興福寺訓英律師坊にて」と見えており、兼載

と親交の深かったことがわかる。訓英没後に、十市遠忠を経て、権少僧都信盛へと相伝されたという伝来の過程も奥書によって知られる。

　伝本の中で証本とすべきは尊経閣本であるが、この本は改案本であることを注意しておきたい。改訂が行われたと見られるのは、次の傍線部である（上段には、初案本系統を代表して、有注本だが比較的善本である⑳の綿屋本を用いた）。

	（第一種注）	（尊経閣本）
二72	くにのはてまで世ぞしづかなる	国のはてさへ代ぞしづかなる
三77	ひとつふたつ雪のうちちる雲さえて	一ふたつ雪は打ちり雲さえて
三79	月かげになをあはれこそまさりぬれ	月影に猶哀こそすゝみぬれ
四39	みねの庵ふもとの海の暮わたり	峯たかみふもとの海の暮わたり
五85	見しはみなすくなくなれるふる郷に	見しはみなまれに成行故郷に
七8	さなへすゞしきを田のあさ風	早苗にわ《涼》たる小田の朝風
七30	さびしくなりぬあきの池水	ひとりさび《ヒヒ》しき庭の池水
七38	雪にやいとゞたかさごの松	あらしの音や高砂の松

八76　たのむまくらの山かぜの声｜　　　―たのむまくらの山かぜの音｜

尊経閣本が改訂後の本文であるという証跡は、原本に残されている。七30は、初案本と目される諸本は「さびしくなりぬあきの池水」の句形だが、尊経閣本ではまず「ひとりさびしき庭の池水」と記し、さらに「さびしき」をミセケチにして「涼しき」と訂している。一方、同じ第七百韻の第8句は、諸本に「すゞしき」とある箇所が、尊経閣本ではすり消され、その上から「にわたる」と書かれている。「にわたる」の下には、うっすらと「□□し（之）き（幾）」の文字が見える。これらの補入、上書きの文字はすべてもとの本文と同じ筆跡と判断される。恐らく兼載は、本文の清書を一通り終えた後で七30を「涼しき」に改訂し、それとの重複を避けて七8の「早苗すゞしき」を「早苗にわたる」に修正したのであろう。ただしかし、七30は「涼しき」によって夏の句となるが、23句の夏の句とは六句しか隔っておらず、同季七句去の式目に違反する。前後の続き具合を考えての咄嗟の改訂で、見落としたのであろうか。

逆に、七38は、諸本の「雪にやいとゞ」の句形では、その前の二句、

36ながむるうらにしろき夕なみ

37かもめゐるふぢ江にうかぶあまをぶね

から「しろき夕なみ」「かもめ」「雪」と白い色の景物が三句続いてしまうので、尊経閣本の「あらしの音や」の句形が望ましい。これを改訂後の句形と認めることができよう。

右の九箇所の異同について、尊経閣本と同じ本文を有するのは、いずれも天理図書館に蔵される⑨⑩⑯の三本に過ぎず、改案本の系統はあまり流布しなかったようである。この他の伝本は、有注本各種も含めてすべて初案本系統に属することになる。但し、初案本の中でも⑬柿衞本は、二27を「国のはてさへ」、七38を「あらしやいとど」とする如き、やや過渡的な本文を持っている。この柿衞本は、伝宗長筆の室町末期の古写であり、本文も尊経閣本に最も近い善本である。一方、初案本系統の中には、尊経閣本と著しく相違する句形も見出される（例えば、後掲第三種注の五49など）。そうしたものの中には、初案本を遡る早い段階の句形が含まれている可能性もあろうが、確定的な例は見つかっていない。

【古注】

『聖廟千句』には、四種類の古注が残されている。ここに示す第一種から第四種までの分類は、金子金治郎氏『連歌古注釈の研究』（角川書店、一九七四年）所収「聖廟千句注の四種」の説に従ったものである。各注の成立や特色については、金子氏によって詳述されているので、ここでは問題点を中心に述べておきたいと思う。なお、予め各注の規模を示しておくと、第一種注と第二種注は、ほぼ全句に施注、第三種注は全体の五割強に施注、第四種注は七割強に施注したものである。

—第一種注—

○天理図書館綿屋文庫蔵本

大本二冊。紺色表紙。題簽「兼載独吟千句　上（下）」。識語「這兼栽（ママ）独吟千句両冊、其子兼純筆、当家数代之家珍也、今夜与兼寿披見之序、為後来加奥書者也　貞享第五林鐘廿日　仙台少将」。俳書叢刊第七期2『兼載独吟千句註』（一九六二年）に翻刻。

○早稲田大学図書館伊地知鐵男文庫蔵本

半紙本一冊。薄茶色表紙。題簽「聖廟法楽千句注　明応三年二月十日 兼載独吟」。奥書なし。第一百韻から第四百韻まで存。綿屋本に比べてやや脱落が多いが、「歌、古への里のあるじをことゝゑば花ぞ今夜のあるじならまし」（一33）という注は、綿屋本に見られないものである。

第一種注において、まず問題になるのは、綿屋本に加えられた貞享五年（一六八八）の仙台少将伊達綱村の識語である。そこには、綿屋本が兼載の嗣子、兼純の筆で、伊達家に数代に亘って蔵されたものであることが、兼載の後裔、猪苗代兼寿の承認を得て記されている。金子氏は、綿屋本が兼純筆であれば、第一種注の注者は自ずと限定されてくるが、文体から見て兼載の自注ではないので、兼載の教えに基づいて兼純が執筆した注であると推定された。

しかし、綿屋本を兼純筆とする識語の説には賛同できない。兼純の生年は、『古今私秘聞』の永正七年奥書に「春秋廿四」と書き付けているのによれば、長享元年（一四八七）となる。没年は未詳だが、天文八年（一五三九）の事跡までは確認できる。ところが、綿屋本の書写年代は江戸初期を遡るものではなく、兼純の時代のものと見ることはできないのである。

綿屋本が兼純筆ではないということになると、注者の手掛かりは一挙に失われてしまう。ただ、右の識語で、綿屋本が綱村の数代前から伊達家に伝来したという件は恐らく事実であろう。だが、伊達家伝来であれば則ち猪苗代家の注であるとは言い切れず、これも注者を限定する材料にはなりにくいように思う。

これまで第一種注は、兼純注と見なされ、従って兼載の意図を最もよく反映した注として重視されてきたが、その点については、注の内部からも疑問が生じる。注者は、兼載に対して敬語を用いて敬意を表してはいるが、注の執筆に当たり直接兼載に句意を尋ねることはしていないと思われる。というのも、第一種注の文体は、語尾に疑問婉曲の表現が多く、例えば「をの、をとは、とだえたるをかく付られ侍る歟」（二19）「こてうともろともにたはぶれまじはりたるを、たれもこてうの夢ととりなしたる歟」（二67）といった注には、解釈に確信を持てない様子が窺えるからである。また、個々の注釈において、他系統の注の解釈の方が兼載の創作意図を汲んでいると判断される場合もある。具体的には別の機会に論じているので（注）そちらに譲ることにする。

千句本文についても、尊経閣本と対校すると、綿屋本は善本であると言えるけれども、中には誤った本文に基づいて加注したところもある。

（尊経閣本）	（綿屋本）
五39　学ぶべき文はあまたのあらましに	まなぶべきみちはあまたのあらましに
九30　旅のあはれをかたるばかりぞ	たびのつらさをかたるばかりぞ

五39は、この句と次の句の注に「いづれの道もあらましまでにくらすと也」「まだいとけなき人のいづれの道をかまなびいでんと也」とあり、九30は、「ふる郷の春にかへりてつらかりしたびをかたると也」とある通り、綿屋本の異文に基づいて注が施されていることがわかる。

このように、綿屋本が兼純筆である可能性が失われると、もはや第一種注と兼載を結びつけることは難しく、むしろそれを疑わせるような点が見出されるのである。しかし、たとえ、兼載との直接的な関係がなくとも、注者がそれなりの学識を備えた連歌師であったことは間違いないだろう。他系統の注は、どれも多かれ少なかれ非正統的な典拠を用いているのだが、第一種注ではそうしたものが完全に排除されており、そのことが却ってこの注の特色となっている。また、脇句、第三、面八句の詠み方の故実に触れるなど、啓蒙的側面が見られる。特に「第三をば又、わきの句よりすこしたけたかきやうにあるべしと相伝申し侍り」（一3）というところからは、連歌を正式に学び、指導する立場にあった人物が浮かび上がってくる。

—第二種注—

○広島大学附属図書館金子文庫蔵本

半紙本一冊。渋紙後補表紙。題簽「兼載独吟《桃林様御筆》」。共紙元表紙「兼載独吟千句自註　全」。奥書「諸願成就乃義以之可思准之者也、此内古歌二百三十一首詩十八首此外経文古事有之　明応三天二月十二日　法橋兼載」「右正本之事、内藤内蔵助藤原朝臣護道談儀之、以証本令書写畢、依為秘蔵号秘本、細字書付訖、他見穴賢〻〻」「享保十二年丁未夏四月二十日校正畢（朱書）」。

○九州大学附属図書館支子文庫蔵本

外題なし。奥書「諸願成就之義以之可思准之者也、此内古歌二百三十一首詩十八首此外経文古事有之　明応三天二月十二日　法橋兼載判」「右正本之事、内藤内蔵助藤原朝臣護道談儀之、以証本令書写畢、依為秘蔵、細字書付訖、他見穴賢々々」「右正本小野氏仍先生自筆以本書写畢　文化十五歳二《二》月朔日　御供屋信覚行歳十九歳」。

○小鳥居寛二郎氏蔵本

横本一冊。金子文庫本と同じ「諸願成就…」「右正本之事…」の奥書あり（但し、「号秘本」脱）。「右正本小野氏仍先生自筆以本書写畢　文化十五年二月朔日　御供屋信覚　行年十九歳」「右一巻、以御供屋別当信覚法眼処写之正本、写之　于時文政十三年歳次庚寅秋七月下浣　菅原信隆（花押）」（原本未見。以上は金子氏の著書に拠る）。

まず、第二種注の伝本に共通して見える二つの奥書について検討したい。「諸願成就」以下の最初の奥書には、明応三年二月十二日の兼載の署名がある。この奥書の「此内古歌二百三十一首詩十八首此外経文古事有之」という部分は、本千句が踏まえているという詩歌の総数を示しているが、このような具体的な数字は、注釈行為を前提としなければ示せないように思われる。従って、この奥書を素直に読めば、兼載が自ら第二種注を著し、奥書を添えたと受け取ることになるだろう。しかし、二月十二日という奥書の日付は、仮に千句が二月十日で満尾していたとしても、加注本の成立時点としては早すぎる。金子氏も「明応三天二月十二日　法橋兼載」の部分については、「千句完了の日附であってこれは注とは関係がない」と一蹴されている。

続いて「右正本之事」以下の奥書を見てみよう。金子氏は、この奥書を、「内藤護道談義の証本を書写した」と読み、第二種注は内藤護道の談義した注であるとみる。詳しくは氏の著書を参照されたいが、護道注を主張する氏の説には、先の兼載の奥書の扱い（兼載によって書かれた奥書のように見えるが、そうではなく、「諸願成就…者也」は挙句の注の一部、「此内古歌…有之」は護道談義の一端と見る）に無理があるように思われる。

思うに、「右正本之事、内藤内蔵助藤原朝臣護道談儀之」という一文は、この注が護道の講釈したものであることを意味するのではなく、この本が「正本」であることを、護道が語ったという意味に取るべきではなかろうか。「正本」とは、この場合、兼載の自注であることをいうと考えられる。右の明応三年二月十二日の兼載奥書、それに「兼載独吟千句自註」という外題を見れば、彼らが、この注を兼載の自注として扱っていたであろうことは容易に想像できる。もっとも、奥書の日付の不審と言い注釈内容と言い、残念ながら、この注は兼載の自注とは認めがたく、自注説は、奥書とともに故意に作り出されたものかと疑われる。

ただ、あくまで自注説の証言者としてではあるが、奥書に内藤護道の名前が挙がっているのは、やはり彼がこの注の成立と流布に深く関与していたことを思わせる。護道は、大内政弘の重臣で、文明十二年（一四八〇）、山口から九州へ旅立つ宗祇に、護衛の武士を付けている（『筑紫道記』）。また、文事を好み、『新撰菟玖波集』にも三句入集する。明応五年には上京しており、四月某日と八月十五日、宗祇、兼載ら都の連歌師と一座した百韻二巻が残っている。その前年の八月二十五日から翌年春にかけて、兼載が山口を訪れているので、護道は、兼載の帰京に伴って上京したのかもしれない。そう考えると、護道は、『聖廟千句』の成立した翌年から一年近くもの間、兼載の周辺にいたことになる。従って、結論的には金子氏の説に近づくが、連歌数寄の内藤護道は、第二種注の施注者の有力な候補となり得るであろう。

また、注の内部に、成立時期を示唆する重要な情報があることを指摘しておく。

二66誰もこてうの夢の世の中

誰もこてふの夢の世ぞ、老をないとひそと云心也。こてふともなれば何かは夢ならぬ　付句也。

板東の仁田。

「板東の仁田」なる人物の付句として「こてふともなれば何かは夢ならぬ」の句が引かれている（この部分は、広大本、九大本共にあり、後人が書き入れた形跡は無い）。実はこの句は、永正六年（一五〇九）八月二十八日の兼載と静喜（新田尚純）の両吟百韻に見出される、静喜の付句である。こうした句を無造作に書き付けているところから、第二種注は、永正六年をそれほど下らない時期の成立と推測される。ちなみに、護道は、大永元年（一五二六）に飛鳥井雅俊に百首歌を進めており、その頃までは生存していたことが確認されている。

第二種注の内容的な特色については、第三種注との関連において次に述べることにする。

―第三種注―

○山口県文書館多賀社文庫蔵本

横本一冊。後補茶刷毛目表紙。朽葉色元表紙。外題「兼載連歌集」。奥書なし。熊本守雄「翻刻「兼載独吟聖廟法楽千句附注本」（山口県文書館蔵多賀社文庫本）」上下（『山口女子短期大学研究報告』二十四号・二十五号、一九六九年十二月・一九七一年三月）に翻刻。

第三種注は、奥書もなく、成立に関する手掛かりに乏しい。そこで、注釈内部の検討から、この注が、第二種注に近い面を持っていることについて述べておきたい。

このことは既に金子氏も、四61「春秋をあらそひこしもはかなくて」の句に対して、第二種注と第三種注が、ともに「桜町の中納言」、「月見の中将」という典拠不明の人物を挙げていることを例に挙げて、正統的でない注釈という点で一致する両注は、「どこかに一脈通じる基盤を持っていたのかも知れない」と指摘している。

引用歌を見ても、第二種注と第三種注は、典拠不明の、正統的とは言えない歌を挙げる傾向がある。次の九首は、小異もあるが、両注にのみ共通して見られるものである。

a　さつまがた鏡の池のひとつ鳶をのが影をや友とみるらん（第二種注・一37）
　　薩越がた鏡の池の一鳥己が影をや友とみるらん（第三種注・一37）

b　おしむかひなくて暮行けふの春をつなぎもとめよいとあそぶ空（第二種注・一44）
　　惜かひなくて暮行けふの春をつなぎ留よ糸遊の空（第三種注・注一44）

c　風たえて柳はねたる岡のべの夕暮ふかき鴬のこゑ（第二種注・三2）
　　風絶て柳はねぬる岡のべに夕暮深き鴬の声（第三種注・三2）

d　瞿麥の花のうへなる夕露に乱てなびく竹の下風（第二種注・三30）
　　撫子の花の上なる夕露にみだれてなびく竹の下風（第三種注・三30）

e　忘草手につみもちし日数をもわするばかりにうきはのこらず（第二種注・七13）
　　忘草手に摘持し日数をも忘る斗うきはのこらず（第三種注・七13）

f　盃に菊つみ入て諸人のいのちの星の長月の空（第二種注・七14）
盃に菊つみ入る諸人の今朝皇の長月の空（第三種注・七14）

g　荻のはに結びて送る玉章は風のたよりのはじめ成けり（第二種注・七53）
荻のはに結びて送る玉章は風の便の初也けり（第三種注・七53）

h　一方にながれもやらぬ生田川いく度かはる瀬とは成らん（第二種注・八33）
一方に流もやらぬ生田川幾度かはる瀬とは成らん（第三種注・八33）

i　かいごよりなれにし谷の梅の花立つゝなくやうぐひすの声（第二種注・八90）
食子より馴にしたにの梅の花恋つゝ鳴や鴬の声（第三種注・八90）

また、第二種注と第三種注が共通して挙げる、

j　此秋は我から物をおもふ哉うへずはきかじ荻の上風（八98）

という歌は、次の三首の傍線部分を巧みに繋ぎ合わせて成り立っている。

物思はで心をくだく心かな植ゑずはきかじ荻の上風（宝治百首・一二八三・実氏）
とにかくに我から物を思ふかな身より外なる心ならねば（新後撰集・一四一三・具氏）
この秋はむそぢあまりに露ぞおく老や夕べのあはれとはなる（続古今集・三五六・知家、宝治百首・一三七九）

連歌師の間で、句形を誤った歌の流布することはよくあるが、第二種注と第三種注に共通する誤伝歌はこれだけではない。『草根集』の次の二首も、誤った句形で引かれているのだが、その誤り方が両注で奇妙に一致しているのである。

k
○主しらぬ入江の夕人なくて蓑と棹との舟に残れる（草根集・九二六一）
何となく入江の夕来てみれば蓑と笠とぞ舟にのこれる（第二種注・一73）
何となく入江の夕きて見ればみのと笠とぞ船に残れる（第三種注・一73）

l
○山の端にとよはた雲をさしあげて恋のやつこのせめくるをみよ（草根集・七六五六）
夕暮の八重はた雲にさはがれて恋のやつこのせめ来るもうし（第二種注・五98）
夕間暮八重はた雲に誘引れて恋のやつこのせめ来るもうし（第三種注・五98）

一方、千句本文の類似にも、注目すべきものがある。

（尊経閣本）
一100　なを色ふかし青柳の糸
四33　朝夕に世をわび人は友もなし
五49　はかなくもわがすむさとを遠くきて

（第二種注・第三種注）
猶色ふかし青柳の露
朝夕に世を侘人は友もこず
はかなくも里を遥に離来て

六81　ほのみしは夢にまさらぬ契にて　——ほのみしは夢にまさらぬ現にて

ここに挙げた第二種注、第三種注の句形は、伝本の中でも特異なもので、両注の他には⑧頴原本にしか見られない（四33「こず」は両注のみ）。いずれも、注の中に本文が引用されるなどしており、右の句形をもとに加注していると見られる。従って、両注の依拠したテキストは、かなり近い系統のものであったと推測されるのである。

第二種注と第三種注の共通点に着目したが、全般的に見ると、異なる本歌を挙げていたり、解釈が相違するところもあって、両注に直接的な影響関係があるとまでは言いがたい。しかし、何らかの共通する知的情報源を持っていたと想定することは許されるであろう。第二種注が、大内文化圏で成立したと考えられるのに対し、この注が周防の多賀神社の旧蔵であることからも、成立基盤の近さが窺えるのではないだろうか。

—第四種注—

○国立国会図書館蔵本

半紙本二冊。外題「聖廟千句註　上（下）」。上冊奥書「天保五甲午歳九月吉日再興　花下染習園入門筑波山連歌師石井修融写継」。下冊奥書「此書元亀三壬申年二月十六日　看文写之」「天保五甲午歳九月吉日再興　花下玄碩直弟筑波山石井修融再書」。

第四種注には、比較的古い奥書として元亀三年（一五七二）二月十六日の看文という人物の奥書が備わる。しかし、この奥書には問題があり、これによって直ちに、この注が元亀三年以前の成立であるとは言えない。この奥書のことは金子氏の著書には触れられていないので、少しく考察を加えておきたい。

第四種注には、看文の奥書の他に、天保五年（一八三四）の石井修融の奥書があるが、修融はこれより前、文化四年（一八〇七）にも『聖廟千句』を書写している。それが無注本の④国会本である。その奥書には「元亀三壬申二月十六日写之　看文」「文化四丁卯三月吉日　筑波山人石井氏修融写」とある。ここで、元亀三年二月十六日の看文の奥書が、第四種注のそれとほぼ同じであることに注意したい。看文が、同じ日に、無注本と加注本を書写し終えたと考えられなくもないが、恐らくそうではないだろう。

修融は、かつて書写した無注本の④を、奥書を含めてもう一度書写した上で、別の加注本から、注のみを書き入れていったものと思われる。そのように考えるのは、一つには④と第四種注の千句本文にほとんど異同がないことから、また一つには、第四種注において、しばしば句と注が対応せず、注の位置が前後にずれていることからである。さらに、第四種注には、千句本文に誤写が多い割に、注に引用される千句本文は正しいという矛盾も生じている。

このようなことから、看文奥書は、注の成立とは無関係のものであると考えられ、結局、第四種注の成立時期、注者については全く不明という他はない。注の内容について言えば、他系統の注との関連は窺えず、第四種注のみ若干趣を異にしている。「一句は」「付ては」という形で、句意を説明するという特色があるが、これも他の注には見られないものである。

注　拙稿「兼載「三句め」の技法」（『京都大学国文学論叢』第十三号、二〇〇五年三月）、同「句解の分岐点——『聖廟法楽千句』古注をめぐって——」（『ビブリア』第一二五号、二〇〇六年五月）。

あとがき

わたくしども大阪俳文学研究会では、かねてより、いちど連歌を読んでみたいという宿願がありました。

昭和・平成をまたいで十数年、宗因の「天満千句」の読解に取り組んでいました。それがそろそろ読み終わろうとするころ、つぎのテキストのことが問題になりました。そこで浮かびあがったのが、〈連歌〉でした。連歌を読もう、島津忠夫先生がおられるのだから、これにまさる場はないという意見が出されました。

作品として、猪苗代兼載の独吟「聖廟法楽千句」が候補にのぼりました。折よく、当時大学院生だった長谷川千尋さんの調査が備わり、テキストや古注の入手が容易だったのも好都合でした。しかも未注釈ということで、みんな奮い立ちました。「会報」第四十号記載の記録によると、二〇〇一年七月（三五七回）から二〇〇四年十月（三八八回）にわたって、作品の読解に当たりました。研究発表やもうひとつの作品の輪読、あるいは展覧会見学などのため、連歌はお休みということもあり、毎回これに宛てるというわけではありませんでした。また、俳諧とはやや勝手の違うことに、当初は戸惑いもみられました。しかし、やっているうちに、だんだんコツがつかめてきて、議論も活発になりました。

研究会には、連歌・俳諧の研究者だけでなく、和歌・小説などの専門家も参加しています。輪読では、各自の立場からさまざまな意見がとびかいます。一句ごとに議論噴出また錯綜して、進行は牛の歩みのごときものでした。でも、読みの論戦こそが、この研究会の取り柄、いくら時間をとっても、議論し尽くすことを厭いませんでした。その結果、ひとりが半年近く担当し続けねばならないという成行きに陥ったこともあります。

さて、第一百韻がそろそろ読みあがるのを控えて、読みっぱなしで終わるのはもったいないという声があがってきました。どうかしてまとめることができないかと、数度にわたって検討を加えました。形態はどうする、予算は大丈夫か、原稿はだれが書くか、そのほか種々の課題がありました。

なかでも最大の関門は執筆者です。それぞれに仕事を抱えるなか、この原稿執筆はかなりの負担になることが予想されました。しかし、やはり輪読の担当者に原稿を書いてもらうのが妥当だということになり、そのメンバーに執筆してもらうことにしました。ただし、内容は研究会の討議をへた結果であり、その代表という立場の執筆ということになります。

また新しい試みとして、英文の注釈と英語訳を掲出しました。ちょうどスコット・ラインバーガー氏が、研究生として滞日中でした。かれは、研究会に出席して、読解・討議の場にも参加しており、〈世界に理解される連歌〉をめざして取り組んでもらうことになりました。ただし、本編の日本文をそのまま英語に置き換えるのではなく、英語ヴァージョンのスタイルにならったものとなっています。

さて、原稿があらかた出揃った段階で、和泉書院の廣橋研三氏に相談を持ちかけたところ、こころよく出版を引き受けてくださいました。

校正刷りを目にして、わたくしどもの研究会の特徴がよくでているという感を、あらためてつよくしました。一見してわかりやすい句であっても、多言を要しててていねいな注解をこころがけています。通り一遍の解ではなく、詳注・詳説こそが、表現の深奥に達する道であると信じているからです。そして、百韻一巻でまるまる一冊を宛てるという仕儀に至ったのです。

これを足がかりに、残る九百韻の読解、さらには中世に花開いた〈連歌〉への関心・親炙の気運がいっそう高まることを願っています。

二〇〇七年一月

藤田真一

Annotated Translation of "Thousand Elegiac Verses Composed at the Sacred Cenotaph" by Kenzai

Biography of Kenzai

Inawashiro Kenzai (猪苗代兼載 1452-1510)[1] was a major renga poet in the mid-Muromachi period, when renga poetry was at its zenith. Members of his family were the hereditary lords of Aizu (modern Fukushima Prefecture). As a young man, he was greatly influenced by his studies with the famed linked-verse poet Shinkei (心敬 1406-75). The two men met when Shinkei was traveling in the eastern provinces to escape the Ōnin-Bunmei War (1467-77). Kenzai's first recorded poetic activity was in *Kawagoe senku* (川越千句 *A Thousand Verses Composed at Kawagoe*) with Shinkei and Sōgi (宗祇 1421-1502), which was written on 1.10.1470. Later that year, Shinkei visited Kenzai in Aizu, and numerous contemporary manuscripts attest to Shinkei's careful training of his young disciple at this time.[2] Shortly after meeting Shinkei, Kenzai moved to Kyoto. While the exact date of his move is unknown, there is a record of him studying the *Tale of Genji* from Sōgi in the capital during the first month of 1475. After Shinkei died, Sōgi supported Kenzai as renga poet and teacher in Kyoto. In 1489, Kenzai succeeded Sōgi as the Head of Renga Poetry at the Kitano Shrine, the highest official post for a renga poet. Two years later the two men collaborated to compile the *Shinsen Tsukubashū* (新撰菟玖波集 *Newly Selected Tsukuba*

Collection), the second honorary imperial anthology (準勅撰集 jun chokusenshū) of renga. In his later years, Kenzai returned to Aizu and died in Koga, Shimōsa Province (modern Ibaraki Prefecture).

In addition to his adroit composition of traditional and elegant renga verses, Kenzai is renowned for his innovative style that balances precise sensual images with an intense intellectual sensibility. His *hokku* are collected in *Sono no chiri* (園塵 *Dust of the Garden*), and he composed numerous commentaries on canonical texts, ranging from the *Man'yōshū* and the *Kokinshū* to Sōgi's *Chikurinsho* (竹林抄 *Notes of the Bamboo Grove*), as well as writing several renga treatises, including *Shinkei-sōzu teikin* (心敬僧都庭訓 *Bishop Shinkei's Teachings*) and *Wakakusa yama* (若草山 *Mt. Wakakusa*).

Seibyō hōraku senku

This thousand-verse poem, widely considered to be Kenzai's masterpiece, was composed over three days from 10.12.1494 (Meiō 3), when Kenzai was forty-three years old. At this time he was beginning to compile *Shinsen Tsukubashū* with Sōgi, and this sequence was composed and offered to Tenjin, the deity enshrined at Kitano Temmangu and the god of renga, as a prayer for the success of the collection. Three of the verses from this collection are also included in *Shinsen Tsukubashū* and four of the ten *hokku* are included in *Sono no chiri*.

Commentaries

There are four pre-modern commentaries on this sequence that greatly facilitate its interpretation.[3] The oldest version is the Tenri Library Text (天理図書館蔵本), which includes a colophon claiming that the text was copied by Kenzai's adopted son Kenjun. Kaneko Kinjirō's research of this text has led him to conclude that it was also written by Kenjun. The second commentary, the Hiroshima University Library Kaneko Collection Text (広島大学附属図書館金子文庫蔵) was written by Naitō Morimichi (内藤護道), an important retainer of daimyō Ōuchi Masahiro (大内政弘 1446-95). Both Naitō and Masahiro had verses included in *Shinsen Tsukubashū*, and Naitō composed a renga sequence in Kyoto with Sōgi and Kenzai in 1497. The authors of the third and fourth commentaries— the Yamaguchi Prefecture Collection Text (山口県文書館蔵) and the National Library Renga Collection Text (国会図書館連歌叢書)— are unknown. The National Library Renga Collection Text, however, includes a colophon dated 1834.

Translation

This translation of the first hundred-verse sequence of Kenzai's thousand-verse text is based on presentations given at the monthly meetings of the Osaka Haibungaku Kenkyūkai from July 2001 until the end of 2004 and the written summaries provided by each presenter. The English annotations are based on these Japanese texts, but I have often amended background information to aid those not well versed in Japanese poetics. Additionally, I excluded some material which would be of limited interest to any-

one except a specialist familiar enough with the field of renga to read the original Japanese text. Finally, rather than translating the entire text of all four old commentaries, I intertwined the highlights of these commentaries into my annotations. The *Haisho sōkan*（俳書叢刊七期 2, 天理図書館綿屋文庫編）was used as the base text for this translation. I have transcribed Kenzai's text into standard modern rōmaji.

Reading a Renga Sequence

Renga composition and interpretation involve a phalanx of rules, well beyond the scope of this introduction and the annotations to the text. The most essential rules for reading and enjoy a renga sequence, however, can be summarized as follows: [4]

1）Each verse must stand on its own as a coherent unit.
2）Each verse links to the previous verse（前句 *maeku*）so that the two verses can be interpreted as a unit. This is often accomplished via established lexical associations（寄合 *yoriai*）, which are indicated in the notes.
3）Each verse must move away from the *uchikoshi*（打越）, or verse that is two links previous.
4）Each verse is categorized as fitting into one of the four seasons or miscellany. Additionally, the following sub-categories will be indicated in the notes： luminous things, time, rising things, falling things, mountains, water, plants, animals, people, habitations, clothes, travel, famous places, love, laments, religion, and gods. In ambiguous cases, I have indicated in paren-

theses which word or phrase relates to a particular seasonal category or sub-topic. Also, in the case of the sub-topic 'time,' I have indicated in brackets what time of day is included in the verse.

5) In order to regulate the pace at which various elements appear and vanish from the sequence there are rules of serialization, intermission, and repetition. Serialization determines the minimum and maximum number of sequential links on a given topic. Spring and autumn must appear in at least three consecutive verses and no more than five; summer and winter can be used in no more than three consecutive verses; and love should be used in at least two consecutive verses. Intermission restricts a word or topic from being used again for a fixed number of verses after its last appearance. Spring and autumn, for example, cannot be used again for five verses. Repetition limits the total number of times a word or topic can be used.

6) Finally, the pace of the sequence is regulated by the appearance of moon and blossom links, as well as the concepts of *jo-ha-kyū* and *ji/mon*

Glossary of Renga Terms

Ageku 挙句. Last verse in a hundred-verse sequence.

Chigae-zuke 違付. A linking technique in which two opposites are linked.

Daisan 第三. Third verse in the hundred-verse sequence.

Fushimono 賦物. Directives used primarily in early renga to unify

linked sequences. In later renga, they function as a hidden topic in the title of the sequence. In this sequence the *fushimono* is "what path." The *hokku* includes the word "morning," which provides one of the traditional answers to the opening riddle : "morning path."

Hokku 発句. First verse of a linked sequence. A seventeen-syllable verse consisting of three metrical units of 5, 7, and 5 syllables that also contains a season word（季語 *kigo*）and a cutting word（切字 *kireji*）.

Hon'i 本意. Essential meaning or poetic essence of a topic.

Honka 本歌. Base poem alluded to in a link.

Hōraku 法楽. Renga sequence given as an offering to a shrine or temple.

Ji/mon 地文. Ground and design verses. Unadorned ground verses form the background against which design verses stand-out.

Jo-ha-kyū 序破急. Three-part musical division of a piece, especially a nō play. Introduction, development, and rapid finish.

Kakekotoba 掛詞. Pivot word in which two or more meanings are punned.

Maeku 前句. The terms *maeku*, *tsukeku* and *uchikoshi* are used to label verses in relation to their surrounding verses. *Maeku* literally means 'previous verse' and indicates the verse before the *tsukeku*. Thus, which verse is labeled the *maeku* shifts each time a new link is added.

Narinoku なりの句. A verse displaying an objective description of a natural scene or object.

Senku 千句. Thousand verse sequence made up of ten one hundred-verse sequences (*hyakuin* 百韻).

Tsukeku 付句. The verse linked to and read in combination with the *maeku*.

Uchikoshi 打越. From the perspective of the *tsukeku*, the verse before the *maeku*.

Utamakura 歌枕. Famous places with particular poetic associations.

Waki 脇. Second verse in a sequence.

Yariku 遣句. A light, simple verse used to change the rhythm after a series of complex or difficult verses.

Yoriai 寄合. Established associations in classical poetry used to link two verses.

---

1 The readings Kensai and Kenzai are both used. I have followed the reading given in *Haibungaku daijiten*.

2 For a detailed account of Shinkei's travels and his relationship with Kenzai see Esperanza Ramirez-Christensen's *Heart's Flower*. Stanford UP, 1994, especially pp. 141-47.

3 For a full analysis of these commentaries, see Kaneko Kinjirō's *Renga kochū syaku no kenkyu*.

4 For a systematic explanation of the rules of renga composition see Steven D. Carter's *The Road to Komatsubara*. Council on East Asian Studies at Harvard University, 1987.

1. ume ga ka ni — **for fragrant plum**
sore mo ayanashi — **this too is in vain :**
asa-gasumi — **the morning mist**

Spring (plum, mist). Topics: time [morning], rising things (mist), plants. The *hokku* alludes to *Kokinshū* 41: "The spring night's/ darkness is in vain./ The hue of plum blossom/ cannot be seen,/ yet could its scent be concealed?" (haru no yo no/ yami wa ayanashi /ume no hana/ iro koso miene/ka ya wa kakururu). The *honka's* conceit (the evening darkness can conceal the plum's color, but not its scent) is further developed in this hokku, which states that even the mist is unable to conceal the plum's scent. The topic of plum is apposite to the season, location, and occasion of Kenzai's composition. Kenzai produced this sequence to pray for the success of *Shinsen Tsukubashū* at Kitano Temmangu Shrine, where Sugawara Michizane is deified as Tenjin, the god of thunder and patron of renga verse. Michizane and the Kitano Temmangu are associated with plum because of a verse that he composed in which he asks a plum tree in his garden to send its scent to him in exile.

2. haru kaze yuruki — **a gentle spring breeze**
ochikochi no sora — **throughout the sky**

Spring. Links: mist—spring breeze. The phrase "gentle spring breeze," which rarely appears in waka, creates a slightly vernacu-

lar tone, especially in combination with the phrase "throughout the sky." The mist's inability to mask the scent of the plum blossoms is explained by the gentle spring breeze that blows the scent here and there. Commentaries 1 and 4 note that this *waki* verse follows precedent by having little independent meaning, linking closely to the *hokku*, and ending with an abrupt noun-stop to create a waka-like opening couplet.

3. kari kaeru	**the geese depart**
hayama no oku ni	**deep in the mountains**
yuki miete	**snow is seen**

Spring (departing geese). Topics: falling things (snow), mountains, animals. The first two verses depict a vast, hazy landscape based on the senses of smell and touch, but this verse focuses on the pinpoint visual image of geese crossing above a mountain range. The term "hayama" means the mountain closest to where people live, and the phrase "hayama no oku" presents an exact impression of a viewer looking over the nearest mountains to deeper ones where snow still lingers. It is traditional for the *daisan* to end with the continuative "te" in order to begin the process of shifting.

4. nao ika naran	**and how will**
tabi no yuku sue	**this journey end?**

Misc. Topics: travel. This poem is a *yariku* that fills out the emotional nuances of the *maeku*. Commentaries 1 and 4 state that when this verse is interpreted alone the term "travel" is taken as a person traveling, but when it is read in combination with the maeku, it refers to the migrating geese.

5.	yona yona ni	**each and every night**
	yume sae kawaru	**even my dreams change**
	karimakura	**on this journey**

Misc. Topics: time [night], travel ("karimakura" temporary pillow). As the *uchikoshi* was a scene verse and the *maeku* described the emotional tone of that scene, rather than simply adding another scene, Kenzai describes the content of the *maeku's* travel. Dreams during travel traditionally concern longing for one's hometown, especially Kyoto, the capital.

6.	tsuki wa ariake no	**the moon is as of dawn**
	aki zo fukenuru	**how autumn has deepened**

Autumn. Topics: time [night], luminous things. Moon verse (1). This poem links with the term "even" in the *maeku*, evoking the phases of the moon that also change every night. This verse contains a *kakekotoba*, punning "moon of dawn" (tsuki wa arikake) with "the moon remains" (*tsuki wa ari*). The Japanese lunar

month starts with the crescent moon, waxing to the full moon, and finally waning until it becomes the new moon. Concurrent with this cycle, the moon rises and sets later each night, and at the end of the month the waning moon is visible even after dawn. Thus, in this verse we are given a most insubstantial image: the waning moon just barely lingering in the dawn sky.

7. tsuyu samuki	**dew-chilled garden:**
niwa no yomogi ni	**among the mugwort**
mushi nakite	**insects cry**

Autumn (dew, insects). Topics: falling things (dew), plants, animals (insects), habitations (garden). The viewer who had been looking up at the moon now looks down to a garden. The moon, which in the previous verse was seen in the sky, is now seen reflected in dewdrops. It is a traditional poetic conceit that mugwort is a plant that grows in unkempt gardens.

8. nowaki no ato wa	**after the windstorm not even**
hito mo oto sezu	**people make a sound**

Autumn (storm). Topics: people. Links: dew—windstorm. The association of dew with tempest comes from a poem on the topic of dew in the "Tempest" chapter of the *Tale of Genji*. This is a *yariku*.

9. yamamoto no | **at the foot of the mountain**
yūgure fukaki | **evening deepens with**
murakumo ni | **a bank of clouds**

Misc. Topics: time [evening], rising things (clouds), mountains. Links: storm—cloudbank. Kenzai explains that the approaching evening darkness, intensified by the clouds and the shadow of the mountain, is the reason for the lack of activity in the *maeku*.

10. hi wa mada nokoru | **the sun still lingers**
mine no sayakesa | **shimmering on the peak**

Misc. Topics: luminous things, time [evening], mountains. This verse contrasts the darkness in the valley described in the *maeku* to the mountain peak that is still illuminated.

11. kaeru na to | **"Don't go yet."**
hana ni ya iro no | **the blossoms' hue**
masaruran | **is at its finest**

Spring. Topics: plants. Blossom verse (1). "Don't go yet" is a personification of the cherry blossoms. Taken with the *maeku*, this verse wonders if the blossoms are the most beautiful in the evening light in order to keep people from leaving for home.

12. haru no sue no zo / **at the end of the spring field**
sumire saki sou / **violets all bloom together**

Spring. Topics : plants. Here the phrase "Don't go yet" from the *maeku* refers to spring. "Haru no sue no" puns "end of spring" (haru no sue) and "edge of the field" (sue no).

13. nagame furu / **after the long rains**
nagori no tsuyu wa / **dew lingers**
nodoka nite / **peacefully**

Spring (long falling rains). Topics : falling things. Links : field—dew. Dew is often used as a symbol of transience, but in this case, as it is associated with the life-giving rain of spring, it is described as serene.

14. yuku kage hayaki / **quickly goes the shadow-light of**
natsu no yo no tsuki / **the summer night's moon**

Summer. Topics : luminous things, time [night]. Moon verse (2). The long rains are reinterpreted as the rainy season of the fifth lunar month, a morose summer topic. The lingering dew is contrasted with the moon that sets quickly on short summer nights.

15.	takase-bune	**how cool in**
	sao sasu sode no	**my sleeves, poling**
	suzushiki ni	**a Takase Boat**

Summer (cool). Topics: water, clothes. Links: moon—boat. The term "kage," translated "shadow-light" in the *maeku*, is now both the reflection of the moon on the river and the shadow of the boat. Both the reflection and the shadow move quickly as the Takase-style boat, a small, quick vessel, glides along the river. The perception that the reflection of the moon moves quickly when viewed from a boat is highly original.

16.	kaze koso otsure	**the wind descends to**
	yama no shita mizu	**waters below the mountain**

Misc. Topics: mountains, water. The wind blowing off the mountain carries with it the cool sound of falling mountain water. "Kaze koso otsure" is an original phrase, unprecedented in waka and renga.

17.	matsu no ha no	**pine needles are**
	tsurenaki iro ni	**an indifferent hue**
	aki kurete	**as autumn deepens**

Autumn. Topics: plants, love. The wind in the previous verse is

reinterpreted as a wind that scatters trees' leaves in autumn. Pine needles, however, do not scatter, and thus take on a forlorn appearance in autumn. Pine (matsu), a homonym for "to wait/ to pine," adds to the overtones of love in this verse.

18. itsu hana-susuki	**when will it give way**
nabiku o mo min	**like the flowering pampas?**

Autumn. Topics: plants, love. This verse contrasts evergreen pine trees with pampas grass, which wilts in autumn. The temporal aspect of the pun on "to pine" in the *maeku* is emphasized with the term "when."

19. itazurani	**hopelessly**
omoi iruno no	**my thoughts are Entangled**
tsuyu fukami	**Plain**
	deep with dew

Autumn. Topics: falling things (dew), love, famous places. Iruno, Entangled Plain, is an *utamakura* in Yamashiro (southern Kyoto prefecture), and it functions here as a *kakekotoba* with "think deeply" (imoi iru). Dew is given as reason for the pampas grass drooping in the *maeku*, and as commentary 1 notes, the dew represents tears, which makes this a love verse.

20. yadori o toeba — **searching for lodgings but**
hito-zato mo nashi — **there is no village about**

Misc. Topics : people, habitations, travel. When interpreted with the *maeku*, this verse depicts a traveler who wanders "hopelessly" through a field in search of a place to spend the night.

21. yo no naka ya — **in this world-**
kinō kyō ni mo — **from yesterday to today**
kawaruran — **how it changes!**

Misc. Topics : laments. Commentaries 2 and 3 cite *Kokinshū* 991, Ki no Tomonori, "My hometown/ is not as it once was ; / and now I long for/ the land where/ the handle of my ax rotted." (furusato wa/ mishi goto mo arazu/ ono no e no/ kuchishi tokoro zo/ koishikarikeru), which alludes to a Chinese legend of a woodcutter who stumbled upon two wizards playing the game *go*. So much time passed while he watched their game that his ax handle rotted, and when he returned home nothing remained of his village. The connection with this verse, however, is minimal.

22. itonamu toshi no — **spring dawns to**
akegata no haru — **a year of work**

Spring. Topics : time [night]. On new year's eve, in a single day

the old year ends and a new one begins. As commentary 1 points out, after several complex, weighty links about love and laments, Kenzai composed a light, celebratory verse to change the rhythm.

23.	oda kaesu	**to turn the fields**
	shizu wa kasumi ni	**I set out in the**
	oki idete	**morning mist**

Spring (turning the fields, mist). Topics: time [night], raising things (mist), people. Links: spring—small paddy. The "work" in the *maeku* is reinterpreted as plowing the rice paddies for planting.

24.	nagaki hi o sae	**even lamenting the sky**
	nao oshimu sora	**on these long days**

Spring (long day). Commentary 1 cites Su Dungpo's famous line, "Spring Night-one hour is worth a thousand gold coins," stating that this verse depicts the sadness an elegant person feels at dusk in spring. In contrast, Commentaries 2 and 4 state that this verse depicts the peasant's desire for more daylight hours to work his fields.

25.	oku yama ni	**deep in the mountains**

kurashi wabitaru	**living in solitude**
fuyu-gomori	**holed up for the winter**

Winter. Topics : mountains. This is an example of *chigae-zuke*, or the linking of opposites. In the *maeku* a long spring day felt too short, and this verse presents a short winter day that seems long in the isolation of a mountain retreat.

26.	mado utsu arare	**hail hits the window,**
	noki no kogarashi	**cold gusts under the eaves**

Winter. Topics : falling things, habitations. Commentary 2 points out that the *maeku* is a ground verse, and commentary 4 states that this verse merely fills out the scene of the *maeku*. Also, commentary 1 notes that both this and the next verse are *narinoku*, objective descriptions of a scene.

27.	tamazasa mo	**jeweled bamboo grass**
	kashigete tateru	**bent over at**
	iwa ga ne ni	**the base of a rock**

Misc. Topics : plants. Jeweled bamboo grass is simply a poetic name for bamboo grass. This poem depicts bamboo grass leaning due to the falling hail.

28. matsu wa nobe fusu / **the pine stretches over the field**
hashi no hitosuji / **a single line bridge**

Misc. Topics : water, plants. Links : rock base—pine. This poem recalls the legend of Xuanzang, a Chinese monk who went to study in India. A pine at his temple is said to have grown westward as he departed in that direction and eastward as he journeyed back home.

29. sabishisa no / **the gloominess**
kado yori miyuru / **can be seen from the gate**
tera furite / **at the aging temple**

Misc. Topics : religion. Links : single line bridge—temple. As commentary 1 mentions, this verse is also a *narinoku*, a straightforward description of a desolate temple. It is apparent that Kenzai favored this verse, as he included it and its *maeku* in his collection *Dust of the Garden*.

30. kaku to mo iwazu / **without saying even**
hito ya kaeran / **a single word, he leaves**

Misc. Topics : people, love. Commentary 1 describes this verse as a *yariku*. Commentary 2 interprets this verse as a monk leaving his temple, but commentary 4 states that the image of the de-

parting monk is a metaphor for a man leaving the desolate house of a lover.

31. au yowa ni — **on nights we meet**
tori no sorane o — **even the unsung bird songs**
naku mo ushi — **are vexing**

Misc. Topics: time [night], animals, love. Whereas the *maeku* concerned the sprouting of love, this verse depicts the morning after the first night spent together.

32. mada yama no ha wa — **the rim of the mountain is**
tōki tsuki kage — **still distant in the moonlight**

Autumn. Topics: luminous things, time [night], mountains. Links: bird song—dawn. Moon verse (3). Commentaries 2 and 3 cite the line "Setting moon, cawing crows, and frost-filled sky," from Zhang Ji's "Mooring for the Night at Maple River Bridge."

33. musashino ya — **Musashi Plain-**
itsu aki kaze no — **When will the autumn wind**
hatenaran — **cease?**

Autumn. Topics: famous places. Commentary 2 cites *Syoku-*

kokinwakashū 425; "On the Musashi Plain/ there is no peak where/ the moon can set; / in the end it/ crosses the white clouds" (musashino wa/ tsuki no irubeki/ mine mo nashi/ oba nagasue ni/kakaru shira kumo). The *hon'i* of Musashi Plain is that there are no mountains for the moon to set behind. In the *maeku*, the moon's distance from the mountain peaks was used temporally, but in this verse it is understood spatially.

34. chikusa no tsuyu zo	**the dew on the myriad grasses**
kie mo sadamenu	**may never disappear**

Autumn. Topics: falling things, plants. In this verse, dew on the vast, grassy plain of Musashi, which never completely evaporates, is compared with the continuousness of the autumn wind.

35. mukashi yori	**from the past**
hitori nokoru mo	**not even one person**
naki mono o	**remains**

Misc. Topics: people, lament. Commentary 1 interprets this verse to mean that every person's life ends with the finality of death, but dew fades away only to return again. In contrast, commentary 2 cites *Shinkokinshū* 757, Priest Henjō: "The leaf tip dew / and the dewdrop at the roots/ are examples of/ those who pass first/ and those who pass later." (sue no tsuyu/ moto no shizuku

ya/ yo no naka no/ okure sakidatsu/ tameshi naruran), and states that both the dew and people's lives eventually come to an end.

36. kagami ni yuki o	**why do we lament**
nani nagekuran	**the snow in the mirror?**

Misc. Topics: laments. "Snow in the mirror" refers to lamenting one's aged reflection, with white hair, in a mirror. This perception links with the phrase "not even one person remains" in the *maeku*.

37. ike mizu no	**the pond water**
sayuru ni naruru	**grows colder now**
tori no koe	**voices of birds**

Winter (grows cold). Topics: water, animals. Links: mirror—pond. The mirror in the *maeku* is transformed into a pond, and the poet wonders why the water birds cry, even though they are surely accustomed to the cold.

38. yume uchi samete	**in bed, awoken from a dream**
omoi yaru toko	**full of sympathy**

Misc. Topics : time [night], habitations, love. Links : water birds —bed. Commentary 1 cites *Kokin waka rokujō* 214 as the *honka* for this verse : "On a winter night/ awoken, I listen to/ the mandarins' cry/ too much frost has fallen/ to be wiped away." (fuyu no yo o/ mezamete kikeba/ oshi zo naku/ harai mo aezu /simo ya okuran). Here someone listens in bed to the plaintive cry of the birds coming from the cold pond.

39. koiji ni mo	**what will become of**
nagaki yami oba	**this long, dark**
ikagasen	**path of love?**

Misc. Topics : love. The "long, dark path" is often used as a metaphor for being unenlightened even after death. Having woken from a dream about a beloved, the subject of this verse ponders their obsession.

40. shirube hakanaki	**memories of that person**
hito no omokage	**are a dubious guide**

Misc. Topics : people, love. The "long, dark path" from the *maeku* is the road a man takes to meet his lover, where he is guided only by his feelings of devotion.

41. matsu kaze o — **accompanied by**
furuki miyako ni — **the pine wind**
tomonaite — **in the old capital**

Misc. Topics: plants. This verse departs from the theme of love. A traveler in the old capital can only find traces of the people of old in the wind rustling through the pines.

42. hana mo kuchitaru — **the blossoms have withered**
michi shiba no tsuyu — **and dew covers roadside grass**

Spring (blossoms). Topics: falling things, plants. Blossom verse (2). Links: Nara—roadside grass. This verse fills out the stark scene of the previous verse: all of the brilliance and flowers of the old capital now lie in waste.

43. yūhibari — **an evening lark**
kasumi ni ochite — **descends into the mist**
yuku haru ni — **as spring departs**

Spring. Topics: time [evening], rising things (mist), animals. Links: grass—lark. Larks are known for swooping down quickly from great heights. "Descends" refers to both the lark and the mist. As the bird is obscured by the mist, it is heard rather than seen. The bird becomes a symbol for the sorrow one feels at the

passing of spring.

44. ta ga kake soeshi — **who hung it high**
ito asoburan — **with playful thread?**

Spring (playful thread). Topics: people. Links: mist—playful thread. "Playful thread" is a metaphor for the shimmering air of warm spring days. The poet imagines this thread holding back the departing spring. There is also a poetic parallelism between the vertical line of the rising heat and the descending lark.

45. hiku koto wa — **strumming a koto**
itsutsu no shirabe — **they begin with**
hajime nite — **the five melodies**

Misc. Links: thread—strum. The phrase "playful thread" from the *maeku* calls to mind the thirteen strings of a koto, or Japanese zither. "The five melodies" refers to five traditional methods of playing the koto.

46. mukusa ni shigeru — **the path of words**
koto no ha no michi — **flourishes in the six principles**

Misc. The "six principles" of waka are introduced in the *Kokinshū*

prefaces, which appropriated them from the *Book of Odes*. This verse links to the *maeku* via the play on numbers (five and six) and development over time (start and flourish).

47. waga kokoro — **O my heart,**
tsuraki kata ni wa — **do not go in that**
meguru na yo — **anguished direction**

Misc. Topics: religion, people. Kenzai extracts from the *maeku* the Buddhist concept of the six paths of rebirth by taking the term 'six' from "six principles" and 'path' for "path of words." Also, "shigeru" (flourishing) evokes an overgrown path that symbolizes losing the correct way. This context suggests the Buddhist teaching of "wild words and ornate phrases" (狂言綺語 kyōgen kigo), which asserts that literature leads one away from enlightenment.

48. sode no shigure o — **for how am I to endure these**
ikaga shinoban — **winter shower-soaked sleeves?**

Winter. Topics: falling things, clothes, love. Links: mountain path—winter shower. Here the Buddhist suffering in the *maeku* is recast as the anguish of love.

49. mono omoi	**as if to evoke**
moyōshigao ni	**those memories**
tsuki idete	**the moon rises**

Autumn. Topics : luminous things, time [night], love. Moon verse (4). The term "moyōshigao" (evocative) alludes to the "Paulownia Court" chapter of the *Tale of Genji* : "The moon was setting and the air was clear and pure with a cool breeze. The voices of the insects were evocative, and it was difficult to leave this place."

50. hatsu kaze fukinu	**the first wind of autumn blows**
shiba no to no aki	**at the brushwood-door hut**

Autumn. Topics : habitations. The first autumn wind evokes memories. Commentary 3 cites *Shinkokinshū* 299, Saigyō : "Even the hearts/ of those not prone to longing/ are stirred by/ the first wind of autumn" (oshinabete/ mono o omowanu/ hito ni sae / kokoro o tsukuru/ aki no hatsukaze.)

51. higurashi no	**the evening cicadas'**
koe mo tsuyukeki	**voices are also dewlike**
yama kage ni	**in the mountain shadow**

Autumn (evening cicada). Topics : falling things, mountains, ani-

mals (insects). Links: autumn wind—evening cicada. Commentary 1 cites *Kokinshū* 204, "Having thought that/ the sun had set/ with the first shrill/ of the evening cicadas/ I had only walked into the mountain shadow." (higurashi no/nakitsuru nae ni/hi wa kurenu to/omou wa yama no/kage ni zo arikeru). "In the mountain shadow" can refer to either the hut or the evening cicadas. Describing the cicadas' cry as "dew-like" is innovative.

52.	kohagi midaruru michi no katawara	**small bush clover tousled** **at the road's edge**

Autumn. Topics: plants. Links: tearful—bush clover. When this verse is interpreted independently, "tousled" refers to the bush clover's blooming vibrantly, but when taken with the *maeku* it suggests the dew that is scattered on the blossoms.

53.	ima kon to tabi yuku hito mo aware nite	**departing on a journey,** **he says, "I'll come right back."** **how I feel for him**

Misc. Topics: people, travel. Commentaries 1, 3, and 4 all cite *Kokinshū* 366: "Shall I wait longingly/ for that traveler who/ left at dawn/ over this autumnal field of bush clover/ where the wasp wings sing?" (sugaru naku/ aki no hagiwara/ asa tachite/ tabi yuku hito o/ itsu to ka matan). After three successive descriptive

verses, Kenzai shifts to a lyric portrait of the emotions of a roadside parting.

54. inochi wa ada no **not realizing**
mono to shirazu ya **life is ephemeral-**

Misc. Topics : laments. Links : feel for—ephemeral, life. The point of view now changes to that of an objective observer, who criticizes the traveler for saying that he will soon return from his journey. Commentary 3 observes that this verse is an unadorned ground verse that highlights the impressive *maeku*.

55. iku yūbe **how many more**
iriai no kane o **nights will I count this**
kazouran **evening bell?**

Misc. Topics : time [evening]. Kenzai reinterprets the *maeku* as self-criticism. Temple bells are a common symbol of impermanence exemplified by the opening passage of the *Tale of Heike*, "The sound of the Gion Shōja bells echoes with the impermanence of all things."

56. tsuri no okina no **the old fisherman**
kaeru naniwa e **returns to Naniwa Bay**

Misc. Topics: water, people, famous places. Links: bell—Naniwa, bay. This verse emphasizes how many times the old fisherman has already heard the bell at Shitennōji in Naniwa (modern Osaka).

57.	kokoro araba	**if he has a heart**
	fune tomemashi o	**he will tarry his boat**
	haru no umi	**in this vernal sea**

Spring. Topics: water. Links: Naniwa bay—have a heart, vernal sea. After several gloomy verses Kenzai shifts to a lighter tone. Comentaries 1, 2, and 3 cite *Goshuishū* 43: "That I might show it / to a person with a heart/ this vernal scene: / the coast of Naniwa/ in the land of Tsu" (kokoro aran/ hito ni misebaya/ tsu no kuni no/ naniwa watari no/ haru no keshiki o).

58.	ashi no wakaba ni	**a stork sleeps in the shade**
	sagi neburu kage	**of the reeds' young leaves**

Spring. Topics: water, animals, plants. In this verse "if he has a heart" is reinterpreted to mean 'if he has sympathy for the stork' rather than 'sensibility to appreciate the spring scene,' as it had meant in the *maeku*. Commentary 2 remarks that verse fifty-seven is a ground verse, while the topic of a stork and a reeds' young leaves makes this a design verse.

59. sue kasumu	**in the distant mist**
matsu no ko no moto	**sunlight bathes the base**
hi wa sashite	**of a pine tree**

Spring. Topics : luminous things, rising things, plants. Links : shadow—sunlight. This kind of extreme close-up within a vast landscape is typical of Kenzai's style. Also see verse 3.

60. nakaba toketaru	**the morning frost**
michi no asa shimo	**has partially melted**

Winter. Topics : time [morning], falling things. Links : mist, sun—morning. There are no examples of waka that use the phrase "nakaba toketaru." Its straightforward diction fits with the principles of renga where as much meaning as possible has to be packed into very few words.

61. tsurenaki o	**despite your aloofness**
urami mo aenu	**I can not resent you**
kinuginu ni	**the morning after**

Misc. Topics : time [night], love. After several descriptive nature verses, Kenzai shifts to a depiction of human emotions. The phrase "partially melted" from the *maeku* is taken to describe the aloof attitude of a woman toward a man who is returning home

on a frost-covered road after having spent the night with her. The term "kinuginu," which literally means 'robe upon robe,' refers to lovers putting on their robes that had been spread out for bedding the previous night.

62.	haraeba namida mata zo koboruru	**wiping the tears again and again** **only to have them fall once more**

Misc. Topics: love. Links: aloofness, resent—tears. The focus now shifts to a woman who is reduced to tears by the emotions stirred by the parting of a normally aloof lover. This is a love verse, but by making it extremely abstract, Kenzai sets the stage for a shift to another topic in the *tsukeku*.

63.	ukaritsuru yo ya yama made mo tsurenuran	**floating world-** **have I brought it even here** **to these mountains?**

Misc. Topics: mountains, laments. Links: tears—floating. A recluse weeps because even though he has retreated to a hermitage in the mountains, his thoughts still linger on the secular world.

64.	tada hitori naru	**all alone now**

sumizome no sode	**in ink-dyed sleeves**

Misc. Topics : people, clothes, religion. The black robes inform the reader that the hermit has taken the Buddhist tonsure, perhaps suggesting that time has passed since the *maeku*.

65. ukikusa ni	**scooping water**
kage dani mienu	**even my reflection is obscured by**
mizu kumite	**the floating grass**

Summer. Topics : water, plants. Links : ink-dyed robes—scooping water. Commentary 2 cites a poem from section 27 of the *Tales of Ise* : "I had thought/ no one else/ felt this way,/ yet under the water/ there was another." (ware bakari/ mono omou hito wa/ mata mo araji to/ omoeba mizu no/ shita ni mo arikeri). While this waka describes seeing one's reflection and feeling less alone, in Kenzai's verse the loneliness of a religious pilgrim is emphasized when he cannot even see his reflection.

66. chiri zo tsumoreru	**dust covers**
furusato no michi	**the road to an old town**

Misc. Topics : habitations. The term "furusato," which often means "hometown," here means literally "old town," or a place where people no longer live. The coupling of "floating grass" and

"water" in the *maeku* with "dust" and "old town" in this verse follows traditional poetic pairs.

67.	majiwarite	**do the gods**
	kami ya hito o mo	**mingle among even us**
	awareman	**with benevolent mercy?**

Misc. Topics: people, gods. Links: dust—mingle. This verse is derived from the concept that bodhisattvas appear in the world as Shintō gods to aid people in achieving enlightenment. Thus, this verse reinterprets "furusato" as "Japan."

68.	kakuru tanomi ni	**don't give up on**
	omoi yowaru na	**your hidden prayer**

Misc. Topics: love. Commentary 1 states that this is a *yariku*. When interpreted separately this is a love verse, but taken with the *maeku* the "hidden prayer" assumes a more religious nuance.

69.	tama no o no	**the inevitable end**
	tae mo hatsu beki	**of the jeweled cord of life**
	naka narade	**severs not our bond**

Misc. Topics: love. Commentary 3 cites *Shinkokinshū* 1034 as

the *honka* for this verse. "The jeweled cord of life/ if it must be rent let it be rent/ for if I live on/ I have not the strength/ to bear my secret love." (tama no o yo/ taenaba taenu/ nagaraeba/ shinoburu koto no/ yowari mo zo suru). This verse records advice to someone to not give up on their love, as they have a powerful bond with the object of their affection.

70. mata umaretemo   **even when I am reborn**
kimi ya kakotan   **I will surely resent you**

Misc. Topics: people, love. The phrase "tama no o" (jeweled cord of life) in the *maeku* is a *makurakotoba*, or pillow word, which functions as an epithet that prefaces the term "tae" (to end). In this verse, the *maeku* is reinterpreted as a jilted lover's claim that, "even when I die this bond will not be severed."

71. mi ni soite   **you should**
hakanaki kokoro   **abandon the futile thoughts**
suteyo kashi   **that envelop you**

Misc. Topics: people, laments. In this verse, the speaker instructs the subject of the *maeku* to dispose of petty grievances.

72. yaretaru mino wa   **a torn straw raincoat**

ame mo tamarazu	**does not stop the rain**

Misc. Topics: falling things (rain). Commentary 1 notes that after two leaden verses on the topics of love and laments, Kenzai changes pace with a light metaphor.

73. yū nami no	**on the evening waves**
kataware obune	**a dilapidated skiff**
shizuka ni te	**floats quietly**

Misc. Topics: time [evening], water. Someone wearing a tattered raincoat rides in a dilapidated boat. Commentaries 2 and 3 cite the following waka, but its source and author are unknown. "Aimlessly/ having come to the inlet/ in the evening: / a raincoat and hat/ left in a boat." (nani to naku/ irie no yūbe/ kite mireba / mino to kasa to zo/ fune ni nokoreru).

74. shiohi no tsuki ni	**at low tide the moon**
hatsu kari no koe	**and the first voices of geese**

Autumn. Topics: luminous things, time [night], water, animals. Links: boat—tide. Moon verse (5). Here the bow shaped skiff calls to mind the image of the crescent moon reflected on the ocean. The moon hanging over an inlet at low tide is a popular image in waka.

75. usugiri ya	**thin mist-**
mada tō yama o	**yet the distant mountains**
nokosuran	**remain in view**

Autumn. Topics: rising things (mist), mountains. Commentary 1 interprets these two verses as a single scene in which distant, misty mountains are seen beyond the ocean. Commentary 2, on the other hand, states the moon over the mist-covered mountains is being compared to the appearance of the moon reflected on an inlet at low tide.

76. irozuku takane	**the tinted high peaks**
sore to miekeri	**that they are colored is clear**

Autumn. Topics: mountains. Links: mist—autumn leaves. This verse depicts a scene where distant mountains are cloaked in mist, but the vivid color of tinted maple leaves can still be seen. Commentary 3 cites *Shinkokinshū* 524: "A thin mist/ swathes the mountain/ obscuring the maple leaves,/ and yet/ that they are colored is clear." (usugiri no/ tachi mau yama no/ momijiba wa/ sayakanaranedo/ sore to miekeri).

77. matsu narabi	**a line of pines**
maki tatsu kozue	**and stout cedar branches**
hitotsu ni te	**stand together**

Misc. Topics: plants. The lush evergreen pines and cedars are offset by the vivid color of the crimson-colored maple leaves from the *maeku*.

78. kaze fuki kawasu	**furious the sound**
oto no hageshisa	**of whipping wind**

Misc. Links: pine—wind. Commentary 1 describes this verse as a *yariku*. Kenzai shifts the focus from color in the *maeku* to the sound of the wind.

79. hedate ni mo	**it shelters me not**
narazu are yuku	**this dilapidated**
naka-gaki ni	**border hedge**

Misc. Topics: habitations. "Naka-gaki," or a "border hedge" is a fence that separates one house's property from a neighbor. In this case, it has been ravaged by the furious wind of the *maeku*.

80. tonari o ima wa	**the lonely man next door**
tanomu wabi-bito	**now depends on others**

Misc. Topics: people, habitations. Links: border hedge—neighbor. The term "wabi-bito" (lonely man) normally refers to a per-

son who has forsaken the world for religious reasons, but here it has the connotation of an old man dependent on others. This usage appears in *Kokinshū* 292 : "Beneath this tree/ where a lonely man/ has made his way/ there is no shelter to rely on/ as the autumn leaves have fallen." (wabi-bito no/ wakite tachiyoru/ ko no moto wa/ tanomu kage naku/ momiji chirikeri).

81. asa-goromo	**in the cold sleeves**
samuki tamoto ni	**of a hemp robe**
haru machite	**waiting for spring**

Winter (waiting for spring). Topics : clothes. Links : neighbor—spring. A hemp robe is a thin garment that provides little protection from the cold. Commentary 2 cites *Kokinshū* 1021 : "Still winter, yet/ its neighbor, spring,/ has drawn close/ for over our border hedge/ blossoms scatter." (fuyu nagara/ haru no tonari no/ chikakereba/ nakagaki yori zo/ hana wa chirikeru). The fact that the links between verses 79, 80, and 81 can all be traced to this waka is highly unusual.

82. omoeba oshiki	**to think of it is so pitiful**
shira yuki no iro	**the hue of the white snow**

Winter. Topics : falling things. The subject of this verse is an elegant person who longs for the warmth of spring, but also regrets

that the beautiful snow will soon melt.

83. koma nabete — **arraying the steeds**
kaeru kariba no — **homeward from dusk dim**
yūmagure — **hunting grounds**

Winter. Topics: time [evening], animals. Commentaries 1 and 2 state that "to think of the white snow is pitiful" because the beautiful layer of snow has been trampled by the horses during the day of hunting. In contrast, commentaries 3 and 4 state that it is pitiful because the hunters, who were engrossed in the hunt, forgot to enjoy the enchanting snow.

84. okuri kinikeri — **mountain wind sends us off**
noji no yama kaze — **along the road in the field**

Misc. Topics: mountains. There are no particular lexical links to the *maeku*, and as commentaries 1 and 3 point out this is a light, descriptive verse.

85. ukaretaru — **dazzling**
tsuki no karine ni — **moonlight on a traveler's bed**
kane narite — **when a bell rings**

Autumn. Topics: luminous things, time [night], travel. Moon verse (6). Here the wind carries the sound of the bell. Its ringing is heard by a traveler who, distracted by the radiant moon, is unable to sleep.

86. yume wa mijikaki — **dreams are short under**
aki no yo no sora — **the autumn night sky**

Autumn. Topics: time [night]. This verse consists of a simple contrast of long autumn nights and the brevity of dreams, a very traditional trope in Japanese verse.

87. inishie o — **the dew-like past**
tsuyu mo wasurezu — **is not forgotten at all**
shinobu mi ni — **even in reclusion**

Autumn. Topics: people, laments. The term "shinobu" (reclusion) has two meanings: 1) to live in reclusion and 2) to long for the past, both of which are active in this verse. The "dream" in the *maeku* is reinterpreted as the glory of the past.

88. nado odorokanu — **not even perceiving**
nochi no yo no michi — **the path of the coming world**

Misc. Topics: laments (next world). Links: past—next world. In this case the phrase "nochi no yo" (the coming world) means the future, but in the next verse it changes to mean "the next life" or "the after life." Of the two meanings of "shinobu" from the *maeku*, this verse accentuates the meaning of "to long for the past." This verse depicts someone so caught up with the past that they are unable to think of the future.

89. nasu tsumi wa — **without even**
iinogaru beki — **the hope that sins committed**
kata mo nashi — **might be overlooked**

Misc. Topics: religion (sin). Links: coming world—sin. This verse delivers the Buddhist moral that all people commit unpardonable sins in this life, so they should think about the afterlife. Commentary 3 states that this verse describes someone before Enma, the ruler of the underworld who judges the deceased.

90. tōjima kuni ni — **that is life**
sumi mo koso seme — **on a distant island**

Misc. Topics: water. All of the commentaries interpret this verse as re-imagining the subject of the *maeku* as a person who has been exiled to a distant island, which was a common punishment in pre-modern Japan. While the topic of exile occasionally appears

in waka, this kind of direct expression of a political theme first appeared in renga.

91. asanagi ni / yomo no ura yuku / fune o mite

watching the ships
departing for far-flung ports
in the morning calm

Misc. Topics: time [morning], water. Commentaries 1 and 2 state that this verse expresses someone's desire for the peace and quite of life on a distant island, where they could leisurely pass the time watching boats come and go.

92. toboso o dani mo / tojinu ashi no ya

the door is always ajar
in this reed-thatched hut

Misc. Topics: habitations. Links: water—reed hut. A recluse watches ships through the open door of his hut. Commentary 1 states that a reed hut would not even have a door to close.

93. karenikeri / hitoe no shimo ni / yae mugura

eightfold bedstraw
is withered by
this singular frost

Winter (frost). Topics: falling things (frost), plants (grass).

Links : bedstraw—closed door. Kenzai contrasts the term "singular frost," a light frost, against very thick, or "eightfold" bedstraw. He describes bedstraw, which is normally depicted as obstructing the gate in an overgrown garden, as growing in the garden of a hut where the door is "always ajar." While this is at odds with the established poetic essence of bedstraw, by describing a light frost he calls to mind the still mild days of early winter when one might keep the door open.

94. kokoro ni shigeki	**let nothing linger**
koto mo nokosu na	**in your heart**

Misc. Links : poignant—bedstraw. As commentary 1 points out, this is a *yariku* that gently urges people to rid their hearts of worries and attachments, just as the frost withers bedstraw.

95. adanari to	**thinking it all**
omou ni oi o	**ephemeral**
nagusamete	**eases old age**

Misc. Topics : laments. There are no specific lexical links to the *maeku*. Kenzai expands the Buddhist theme of the *maeku*.

96. yume no uchi ni zo	**sleeping restfully**

makura yasumuru   **in a world of dreams**

Misc. Topics : time [night], laments. Links : dream—ephemeral. The idea of ephemerality, which in the *maeku* was presented as the Buddhist concept of impermanence, here describes a fleeting dream. While this is not a love verse, the words "dream" and "pillow" prepare the reader for the next verse to be about love.

97. okitsu netsu   **resting and waking**
matsu to seshi ma ni   **while I've waited**
yo wa fukenu   **the night has waned**

Misc. Topics : time [night], love. Links : pillow—night has waned, dream—waiting. A lady waiting for her lover is a frequent motif in Heian verse and prose. For example, the following verse appears in both the *Kokinshū* 616 and *Tales of Ise* : "Neither waking/ nor sleeping/ I passed the night/ and today I brood and watch/ this rain-the unending rain of spring." (oki mo sezu/ ne mo sede yoru o/ akashite wa/ haru no mono tote/ nagame kurashitsu).

98. ima wa ikaga to   **how is it now?**
sode shiorekeri   **wringing the sleeves**

Misc. Topics : clothes, love. This verse depicts the feelings of the

woman in the *maeku*. Wringing one's sleeves is a metaphor for crying.

99. sakarinaru	**upon seeing**
hana o shi mireba	**the peaking blossoms**
furu ame ni	**in the falling rain...**

Spring. Topics: falling things, plants. Blossom verse (3). Links: tears—falling rain. In this verse the person's sleeves get wet because they have gone out into the rain to check on the blossoms.

100. nao iro fukashi	**and yet deeper still**
aoyagi no ito	**the hue of willow strands**

Spring. Topics: plants. Links: blossoms—willow, dream—ephemeral, spring rain—green, strand. This verse contrasts cherry blossoms, which scatter in the rain, with willow trees, which grow greener with the spring showers. It also depicts the temporal development of spring. It is customary to compose the *ageku* on a celebratory spring theme.

執筆者
大阪俳文学研究会
大谷俊太
岡本　聡
尾崎千佳
川崎佐知子
塩崎俊彦
竹島一希
長谷川千尋
スコット・ラインバーガー
(Scott Lineberger)

兼載独吟「聖廟千句」—第一百韻をよむ—　和泉選書 159

2007年8月30日　初版第一刷発行©

編　者　大阪俳文学研究会

発行者　廣橋研三

発行所　和泉書院

〒543-0002　大阪市天王寺区上汐5-3-8
電話06-6771-1467／振替00970-8-15043
印刷・製本　亜細亜印刷

ISBN978-4-7576-0416-2 C1395　定価はカバーに表示

══ 和泉選書 ══

- 小林秀雄　美的モデルネの行方　野村幸一郎著　151　三六七五円
- 松崎天民の半生涯と探訪記　友愛と正義の社会部記者　後藤正人著　152　三六七五円
- 改稿　玉手箱と打出の小槌　浅見徹著　153　三三六〇円
- 大学図書館の挑戦　田坂憲二著　154　二六二五円
- 阪田寛夫の世界　谷悦子著　155　二六二五円
- 犬養孝揮毫の万葉歌碑探訪　犬養孝・山内英正著　156　二六二五円
- 三島由紀夫の詩と劇　高橋和幸著　157　三九九〇円
- 太宰治の強さ　中期を中心に　太宰を誤解している全ての人に　佐藤隆之著　158　二九四〇円
- 兼載独吟「聖廟千句」　第一百韻をよむ　大阪俳文学研究会編　159　四二〇〇円
- 文学史の古今和歌集　森正人・鈴木元編　160　三三六〇円

（価格は５％税込）